U0755387

诺贝尔文学奖 作品精选 插图版

Nobel Laureates in Literature

蜜蜂公主

〔法〕阿纳托尔·法朗士／著

王亚文／编译

海豚出版社
DOLPHIN BOOKS
CICG 中国国际传播集团

图书在版编目（CIP）数据

蜜蜂公主／（法）阿纳托尔·法朗士著；王亚文编译．-- 北京：海豚出版社，2025. 6. --（诺贝尔文学奖作品精选）. -- ISBN 978-7-5110-7340-2

Ⅰ. I565.88

中国国家版本馆 CIP 数据核字第 2025EV4057 号

蜜蜂公主

（法）阿纳托尔·法朗士　著　王亚文　编译

出 版 人	王　磊
责任编辑	肖惠蕾　王洪聪
特约编辑	许秋玲
封面设计	宋双成　祝　静
责任印制	蔡　丽
法律顾问	北京市君泽君律师事务所　马慧娟　刘爱珍
出　　版	海豚出版社
地　　址	北京市西城区百万庄大街24号
邮　　编	100037
电　　话	010-68325006（销售）　010-68996147（总编室）
印　　刷	天津泰宇印务有限公司
经　　销	全国新华书店及各大网络书店
开　　本	710 mm×1000 mm　1/16
印　　张	11
字　　数	125千
版　　次	2025年6月第1版　2025年6月第1次印刷
标准书号	ISBN 978-7-5110-7340-2
定　　价	39.80元

版权所有，侵权必究

如有缺页、倒页、脱页等印装质量问题，请拨打服务热线：0874-3367718

开篇语

　　《蜜蜂公主》是诺贝尔文学奖获得者法国作家阿纳托尔·法朗士创作的童话故事。从开篇就充满了梦幻色彩的细腻渲染，他以独具特色而丰富的想象力，描绘了一幅关于爱、梦幻与勇气的画卷。

　　提起童话，我们就会想到美丽的公主、帅气的王子、聪明的动物和可爱的孩子；又或者是五颜六色的魔法、千奇百怪的生物、骁勇善战的骑士。而《蜜蜂公主》就像孩子们拥有的那些公主娃娃和王子玩偶一样，本书的主人公正是一对由公主和王子组成的"青梅竹马"，他们在大湖旁探险时被水妖和矮人们强制分开，一方被关入水晶宫殿，另一方被留在矮人国，以"爱"为基石，全文充满了勇气、爱心等美好品质。

　　蜜蜂公主虽被掳走，但却能一直保持着勇敢和坚韧，她遇到突发状况临危不惧，面对诱惑坚定拒绝，她不固执己见，在需要的时候主动寻求他人帮助，也会暗自思考适合自己的解决办法。这样明媚而坚强的女孩最终打动了小矮人，使自己重获自由。乔治也没有放弃尝试逃脱，六年之中，他于湖底周旋、思考，就像蜜蜂公主始终怀着对家

庭的思念，乔治也没有忘记回家的路。

矮人国国王在故事中则尽显深情，面对蜜蜂公主对他告白示好的拒绝，他这样回答："……蜜蜂，尽管我迫切希望你也能爱上我，但我更希望你能够坚持自己的想法，度过自由而快乐的人生。虽然我们无法成为伴侣，但我们的友情依然坚不可摧，对吗？"如此大度又洒脱，虽然难过却仍为心中的女孩送上最美好的祝福，这正是故事中不可磨灭的那份"纯真"与"爱"。可谁又知道，这样一位大方的国王，在最开始只想自私地拥有蜜蜂公主而不允许她离开矮人国？但随着故事的发展，他慢慢从理解到包容，将深爱藏在心里，成为蜜蜂公主最忠心的护卫。

这样一个关于王子、公主、小矮人和水妖的故事，是否会引起你的兴趣呢？在这篇文章中，我们看不到"教训"和"大道理"，也没有千篇一律的"心灵鸡汤"，只有一个简单而美好的童话故事，虽然充满坎坷，但最终迎来了快乐与光明。文章歌唱纯真的友情和无私的爱情。

除了广为人知的《蜜蜂公主》之外，法朗士笔下还有许多令人动容的故事，它们如同一颗颗璀璨的珍珠，串联起一个充满魔力与哲理的梦幻王国。

比如，法朗士专门为儿童编写的散文——《一个孩子的宴会》《小"水鬼"》《苏珊与少女雕像》等——都像是为孩子们精心准备的一道精神盛宴，让小读者在阅读中找到共鸣，同时也让成年读者重温自己无忧无虑的童年时光。在这些散文中，法朗士运用了简洁明快而又富有诗意的语言，通过对孩子们日常生活的细腻观察，展现了他们丰富多彩的情感世界和天马行空的想象力。他笔下的孩子在自然中嬉戏、在游戏中学习、在劳动中成长，每一个场景都充满了生动的细节和真挚的情感。

法朗士没有采用说教的方式，而是通过讲述一个个小故事，让孩子们在轻松愉快的氛围中感受到友情、亲情，体会到善良、勇敢等美德的重要性。例如，法朗士讲述了孩子们如何在一次简单的户外探险中发现自然界的小秘密，或者通过与朋友的一次小争执学会宽容与理解。

这些故事不仅仅是对儿童日常的记录，更是对童心、童趣以及儿童成长过程中的微妙情感变化的深刻洞察。

目录
Contents

第一部分　蜜蜂公主

第二部分 法朗士散文集

第一部分 / 蜜蜂公主

1. 白玫瑰

在遥远的白色王国里，有一位王后执掌着国家的最高权力，人民对这位善良、公正而和蔼的王后满怀尊敬。许多年前，在白色王国与爱尔兰巨人的一场战争中，勇敢的白色王国国王战死沙场，从此以后，王后就担起了统治者的责任。在治理国家的问题上，王后并不输给国王，人们在她的统治下过着安定和谐的生活。

这一天，王后像往常一样离开了她的寝宫，走向教堂进行祈祷，她希望自己的祷告能够使身处天国的丈夫得到安宁。她身穿黑衣，头戴风帽，严严实实地遮住了她那一头秀丽的金发，走进了祈祷室。

然而，刚刚走进房间里，王后就不由自主地停住了脚步。她看见祈祷凳上端端正正地摆放着一朵白色的玫瑰花——在白色王国，这是一个不祥的预兆，意味着王后的生命即将走到终点，王国会迎来一位新的统治者。晶莹的眼泪一下子模糊了王后的眼睛，过了好半天，她叹了一口气，转身离开了祈祷室。

王后和早逝的国王只有一个儿子，那就是小王子乔治，他还处于懵懂无知的年纪，当王后走进他的卧室时，他正畅游在甜甜的梦乡里。

王后坐在床边，悲伤地凝视着自己心爱的孩子。小乔治看起来粉嘟嘟、肉乎乎的，时不时发出几句梦呓，实在是太可爱了。王后轻轻抚摸着小乔治的脸蛋，泪如雨下。

"妈妈不能再陪伴你了，我亲爱的孩子……"王后喃喃地说，感到心如刀绞。她伸手摘下了颈上的挂坠盒，将它珍重地挂在了小乔治的脖子上，这是她赠给儿子的最后一件礼物了，挂坠盒中存放着王后的肖像和发丝，但愿小乔治永远不会忘记他的母亲。

睡梦中的小乔治仿佛感受到了母亲的悲伤情绪，他呢喃着翻了个身，像是要醒过来。王后的情绪再也无法抑制，她伸手拭泪，匆匆站起身离开了房间。不，现在还不是难过的时候，她还有太多事情要做。她要前往克莱丽德王国寻求帮助，以免她死后白色王国陷入混乱，小乔治陷入孤立无援的境地。

克莱丽德王国的王后是她最好的朋友，当她来到克莱丽德王国的王宫时，她的朋友就欣喜地走了过来，紧紧地拉着她的手。

"我一直在挂念你，我亲爱的朋友！"克莱丽德王后说，"你怎么会忽然来看望我呢？"

"我带来了一个不愉快的消息，我的朋友。"白色王国的王后心情沉重地说，"我在我的祈祷凳上看到了白色玫瑰。"

克莱丽德王后愣住了，她当然知道白色王国的白色玫瑰意味着什么，她的眼圈红了，立刻上前紧紧地抱住了自己的朋友。

"我的天啊，怎么会这样？"克莱丽德王后问。

"因此，我必须将我的身后事托付给你了，我的朋友。"白色王国

的王后流泪道，"我全心全意地信任你。我们结婚的时间只相差几年，在那些战火纷飞的日子，我们各自的丈夫都战死沙场，我们不得不承担起治理国家、养育儿女的重任。只有你能懂得我的处境，我相信你能够像亲生母亲一样抚养我的小乔治，能够尽心竭力地保护我的国家。请你答应我的请求吧，我的朋友！"

听着白色王国的王后这一番真情实意的话，克莱丽德王后也忍不住落泪了，她连连点着头："放心吧，我会尽我所能的！从今天开始，我也是乔治的母亲了！"

她带着白色王国的王后走向自己的寝宫，克莱丽德王国的蜜蜂公主正在摇篮里酣睡，王后说道："我向你保证，往后我照顾乔治，就像照顾我自己的女儿一样，不会让那孩子受一点儿委屈。"

蜜蜂公主的年纪和乔治王子差不多大，她在睡梦中无意识地舒展了一下身子，两条胖乎乎的小胳膊伸展开来，似乎在做着什么好梦呢。

"我想，这两个孩子一定会成为好朋友的。"克莱丽德王后轻声说道。白色王国的王后也赞同这一点，她们再一次深深拥抱彼此，含泪告别。

当天晚上，白色王国的王后回到了自己的宫殿，她召集了所有的侍女，将自己的贵重首饰都分送给了她们，随后她独自沐浴，换上自己最常穿的那一条丝缎睡袍，点燃了淡淡的熏香，安然地进入了梦乡。今夜看起来仿佛和任何一个普通的夜晚并没什么不同，然而，这位美丽的王后再也没有像往常一样醒来。

2. 乔治和蜜蜂

克莱丽德王国幅员辽阔，连绵的山川到处可见，人民逐水而居，过着安宁祥和的日子。克莱丽德王国最特别的一点，就是王国边缘的山脉附近住着一群外表特殊的小矮人。在传说中，他们擅长魔法，但非常讨厌和普通人接触。所以，克莱丽德王国的居民们从来都不和小矮人打交道。

克莱丽德王后有一种超凡脱俗的气质，浑身上下洋溢着温柔仁爱且尊贵典雅的气息。她同样深受子民的爱戴。

克莱丽德王后最重要的一位臣子是一个德高望重的老修道士，在那个战火纷飞的年代里，他就已经来到王后身边，辅佐她治理国家了。这位老修道士见识过许许多多的阴谋诡计，对于人性善恶了解得一清二楚，所以他从不轻信别人。当这位老人处理国事的时候，总是会按照一套既定的规则和律条来办事，从不偏袒任何一方。他不愿意和别人深交，在平常的日子里，他总是独自住在宫殿不远处的一座高塔里，每一个房间里都堆满了书籍，只有鸟儿才能从他的窗前振翅飞过。

克莱丽德王后对这位公正严肃的臣子非常信任，她放心地将政事都交给他来处理，自己则专注于帮助克莱丽德王国里的弱势群体。王后经常亲自前往贫民窟，照顾那些身患重病的可怜人，帮助那些无家可归的孩子寻找养父母。在闲暇时间，她会回到宫殿陪伴自己的儿女们。克莱丽德王后履行了她对挚友的承诺，将白色王国的乔治小王子接到了自己身边照顾，并且像教导蜜蜂公主一样尽心教导乔治。王后总是对孩子们说，要尽可能帮助那些遇到困难的人，多行善举。

在她的言传身教下，两个孩子渐渐成长得正直且善良。他们情同兄妹，经常在一起玩耍，不过小孩子总是难免闹别扭，乔治和蜜蜂就曾经针对"泥巴馅饼"事件闹得很不愉快——所幸，他们很快就重归于好了。

那是夏天的事情了。乔治和蜜蜂在一起玩游戏，乔治提议用泥巴制作几块馅饼，他很擅长手工，做得又快又好，而蜜蜂就不一样了，小家伙在这方面有些笨拙，做出来的馅饼圆的不圆、方的不方，看起来压根就不像馅饼。乔治看得连连摇头，忍不住开口嘲笑，蜜蜂又生气又委屈，呜呜咽咽地哭了起来。

马夫弗雷哈特赶过来给两个孩子调解矛盾，他了解了事情的前因后果以后，就对乔治说："乔治，这样是不对的，身为哥哥，你应该照顾妹妹啊。"

"明明是她自己不会做手工，怎么成了我的错呢？"乔治非常不服气，他也一屁股瘫坐在地上，一边发脾气一边哭了起来。

看到乔治的模样，蜜蜂也不甘心落入下风，她使出吃奶的劲儿大哭起来，可是没有眼泪，只有干号，这可不行！蜜蜂砰地往旁边的树上撞了一下，撞得脑袋生疼不已，哭得更凶了。

天已经黑了，而小王子和小公主谁都不服输，都不愿意回到宫殿，就是要坐在外面比赛着哇哇大哭。周围的仆人们实在没办法了，只好请来克莱丽德王后调解矛盾。一看到两个小家伙脸上满是鼻涕眼泪，都像小花猫似的，王后真是又好气又好笑。她一只手牵着蜜蜂，另一只手牵着乔治，将他们带回了王宫。

晚饭桌上，两个孩子你不理我，我不理你，都抢着要向王后诉说自己的委屈。王后微笑着聆听，并不多说什么。直到上床睡觉的时候，两个孩子依然板着脸，一句话也不和对方说。

可是再晚些时候，也不知道他们两个说了什么悄悄话，忽然就一同笑了起来。第二天清早，他们手拉手从卧房里跑出来的时候，又变成一对亲密无间的好朋友了。

3. 最喜欢的老师

乔治王子很快就到了该上学的年纪，王后对他的学业非常上心，请来了好几位学识渊博的教师，分别教授书法、击剑、骑术、游泳、体操、网球和舞蹈，在驯犬和驯鹰方面也有专门的老师。

但是乔治王子并不喜欢学这些东西，尤其不喜欢那位教书法的老师。书法老师虽然有一肚子的学问，却相当恃才傲物。他对自己的书法作品非常自豪，但是在乔治看来，那些潦草的字迹谁也看不懂。

乔治同样不明白为什么王后要逼迫他上语法课。"难道我不懂得如何说话吗？"他不满地问，"为什么要学这些累赘枯燥的知识呢？就算搞清楚了词汇之间的排列顺序，对我来说又有什么帮助呢？"

尽管乔治对这些课程的兴趣不大，但是他也有钟爱的事情。乔治最喜欢的一位"老师"是马夫弗雷哈特，他最喜欢听弗雷哈特讲述天南海北的故事了。每当这种时候，他就觉得自己跟在弗雷哈特身边一起走遍了各个地方，看尽了那些山川风景、奇珍异兽。当弗雷哈特心情好的时候，他还会唱几首歌呢，那些曲子和歌词都是他即兴编出来的，难免粗糙，可是乔治非常喜欢弗雷哈特唱的歌。在他看来，尽管弗雷哈特没有什么文化，也不如其他教师那样风度翩翩、温文尔雅，却是他身边最真诚、最热情的人。和弗雷哈特待在一起的时间总是过得飞快，乔治也能从他的言谈举止中学到不少知识。总而言之，弗雷哈特先生才算是他真正的老师啊！

乔治经常跟在弗雷哈特身边，并且总在王后面前夸奖弗雷哈特，这就使得其他的教师感觉到了危机。怎么，他们这些学富五车的专业教师，竟然比不上一个举止粗俗的马夫吗？在他们当中，书法老师和语法老师最为愤怒。他们俩平时针锋相对，爆发过不少矛盾，但是现在，为了争夺乔治王子的注意力，争夺在克莱丽德王后面前出风头的机会，两个人居然不计前嫌，联起手来想办法对付这个名叫弗雷哈特的马夫。

弗雷哈特平时最大的爱好就是喝酒，他很喜欢去城堡附近的酒馆喝酒散心，和周围的朋友聊天唱歌，倾吐一切忧愁烦恼。当然了，那些出入酒馆的人也非常喜欢他，弗雷哈特就是他们的开心果。不过，弗雷哈特并不愿意和他们拉近距离，因为他时时刻刻都记得自己的身份，绝不会说不该说的话，不会做不该做的事情。他从来没有因为喝酒而耽误过自己的本职工作。

但是，书法老师和语法老师认为，爱喝酒是一个不可饶恕的缺陷。他们义愤填膺地找到了王后，向她指责着弗雷哈特所做的一切。

"一个时时刻刻都醉醺醺的马夫，根本不配留在乔治王子身边，王后殿下！"书法老师气愤地说道，"近朱者赤，近墨者黑！万一乔治王子跟着他学喝酒那可怎么办呢？照我看，应该把他赶出王宫才对！"

"没错，如果将他留在王宫里，以后一定会出事的。"语法老师也附和道，"他经常在王宫里出洋相，唱一些荒腔走板的歌，实在是太愚蠢了。人们表面不说，实际上都在背后偷偷笑话他呢。"

克莱丽德王后起初并不愿意相信他们所说的话。可怜的老弗雷哈特的年纪已经不小了，他在王宫里住了一辈子，忠心耿耿，王后将他的辛劳与付出都看在眼里。然而，书法老师和语法老师想尽一切办法来污蔑弗雷哈特。在他们日复一日地造谣和打压下，王后看待弗雷哈特的眼光也渐渐发生了变化。或许，弗雷哈特真的已经老糊涂了，所以才有越来越多的小毛病？如果真是这样，乔治就不应该再跟着他学习了。王后考虑了很久，最后决定给弗雷哈特另外分派一桩差事，让他前往罗马，接受教皇的祝福词。

这并不是一个刁难人的差事。相反，王后认为，弗雷哈特将会非常喜欢这份工作。克莱丽德王国前往罗马的路程不短，可以在旅途中尽情享受优美风光。除此之外，还能在路上遇到不少游吟诗人与小酒馆，这一切再适合弗雷哈特不过了。王后确信，这会让弗雷哈特非常高兴的。

然而，王后并不知道，她的决定使得乔治王子心情低落了很久。对乔治而言，弗雷哈特不仅是他最好的朋友，更是他的老师和保护者。

弗雷哈特离开以后，乔治看起来总是一副闷闷不乐的样子。

4. 大湖的诱惑

复活节后的第一个休息日，蜜蜂公主意外地发现了一片美丽的大湖。按照原计划，克莱丽德王后要在那天带着她和乔治王子一起去教堂祈祷，听说了这个消息后，成千上万的民众涌到了路边，盼望着能亲眼看到高贵的王后一家。

当克莱丽德王后、乔治王子和蜜蜂公主出现在那条路上的时候，所有的人都不由自主地屏住了呼吸。看哪，乘坐在枣红色骏马上的王后是多么端庄优雅啊！她身披银缎斗篷，脸上戴着的轻柔面纱随风轻轻拂动，严肃的士兵围在她的身旁，而她面带微笑，向着不远处的子民点头致意。王后左侧的乔治王子骑着一匹威风凛凛的漆黑骏马，意气风发，神采飞扬。右侧的蜜蜂公主则骑着一匹棕色马，身穿一袭绯红衣裙，金色的长发在风中舞动。见到她的百姓纷纷赞叹："咱们的蜜蜂公主真是王国最美丽的天使！"

王庭的车马所到之处无不充斥着百姓热情的欢呼声，王后向他们挥手致意，等到马队慢慢走过去以后，她问两个孩子道："为什么人们会这样热情地欢迎我们呢？我的孩子们，你们明白这背后的道理吗？"

两个孩子对视一眼，都摇了摇头，他们并不知道这是什么原因。

克莱丽德王后温和地笑了起来，她抬头看向前方，说道："在过去的三百年里，每一任克莱丽德王国的统治者为了让子民过上好日子，他们不畏艰险，不惧牺牲，殚精竭虑地处理政事，治理国家。国王上阵杀敌，王后便作为随军护士照护伤患。他们的付出被子民看到了，人们才愿意跟随着我们的脚步，继续建设国家，开创美好生活。因此，人们才会这样满怀热情地欢迎我们啊！"

两个孩子似懂非懂地点了点头，他们下定决心，从此以后也要尽心尽力为人民做事，一切为了人民着想，延续克莱丽德王国的和平与富足。

很快，车马穿过了喧闹的街市，不久便踏入了一个鲜花遍地的地方。碧绿的草地宛如无垠的绸带，从脚下一直延伸到那遥远、重峦叠嶂的天际，美得让人心醉。这时，乔治猛地眼前一亮，他的视线越过这绚烂的花海，望向东方那片薄雾缭绕之地，那边隐约有个东西在闪烁。蜜蜂也注意到了这个景象。

"妈妈，那是什么地方呀？"蜜蜂指着那个地方问道，他们隔得太远看不清楚，"银亮亮的，是一颗银纽扣吗？还是一颗落到人间的星星呢？"

"都不是，我的孩子。"克莱丽德王后摸了摸女儿的小脑袋，说道，"那是一片湖水，之所以你会看到银亮亮的光芒，是因为日光照在了湖水中。湖岸上长着一丛丛茂盛的芦苇，如果弯下腰拨开草丛，还能找到不显眼的菖蒲呢。不过，你可不能一个人偷偷接近湖水，因为湖水里藏着可怕的湖妖，它们最喜欢吞吃小孩，万一被它们拖下了水，就再也没办法回到妈妈身边了。"

蜜蜂眨了眨眼睛，她似乎并没有被王后的这番话吓到，反而充满好奇地看向了湖水的方向。在此之前，蜜蜂很少离开宫殿，她从来都不知道，世界上还有这么多有趣的东西。

5. 城堡的最高处

几天以后，趁着克莱丽德王后离开宫殿去办事，乔治和蜜蜂偷偷地溜出了宫殿，他们爬上了城堡中央的塔楼，站在楼顶眺望四周。

站在这座城堡最高的建筑物顶端，周围的一切尽收眼底。两个孩子看到远方整齐排列的一片片农田，有的是青绿色，有的已经是作物成熟的金黄色。山坡上生长着一大片郁郁葱葱的树林，在树林那一头，就是连绵不断的青山。

蜜蜂好奇地问："这就是我们所处的世界，对不对？原来地球就是这样的！"

"总有一天，我们会走遍地球的每一寸土地，从这里走到那座最远的山上！"乔治满怀着豪情壮志，大声说道，"等我越过那座山，说不定就能看到太阳和月亮的家了，它们不就是从那座山背后升起来的吗？我会把月亮捉回来，放在你的卧室里，让它照亮你的房间！"

"我会非常喜欢月亮的！"蜜蜂欣喜地说，"我要把它打造成一个漂亮的头饰，戴在头上！"

她又指了指远处的湖水，问道："乔治，你看那片大湖，你也认为湖水里藏着可怕的妖怪吗？"

"我说不好。"乔治犹豫着说，"既然王后说水里藏着妖怪，那就应该是真的吧。她所说的从来都没有错，难道不是吗？"

蜜蜂想了想，忽然抬起头来，眼光灼灼地盯着乔治，说道："我有个主意！我们为什么不到湖边走一走，亲自找一找水里的妖怪呢？说不定，那只是妈妈和我们开的一个小玩笑！"

"什么？！"乔治愣住了，他简直不敢相信，"先不说湖水里的妖怪是不是真的，更重要的是，我们要怎么去湖边呢？我们不能去牵我们的马，会被别人发现的，难道要仅凭两条腿走过去吗？那可没办法做到，实在是太远了！"

"这件事确实不太容易办到，但是我们总要想想办法啊，难道随随便便就放弃了吗？那可不像是男子汉会做出的事！我知道你有很多老师，不如去问问他们，说不定能讨论出一个好主意。"蜜蜂撇了撇嘴巴，显然，如果乔治拒绝了她的提议，就会被她看不起的。

"你，你说得根本就不对。"乔治结结巴巴地说，他的脸红了起来，"就算我不去湖边，难道我就不是一个男子汉了吗？我可以自己做决定！"

"一个勇敢的男子汉，一定会跟我去湖边的。"蜜蜂高高地昂着脑袋，"因为他们不惧怕任何艰难险阻，愿意尝试各种各样的新事物！哼，随便你怎么选吧，总之，我是一定要到湖边去瞧一瞧的。"

乔治犹豫了好一会儿，他不愿意违背克莱丽德王后的说法贸然行动，但他也不愿意被蜜蜂看不起。看到他左右为难的模样，蜜蜂轻蔑地哼了一声。

"好吧。"她说，"既然这样，你就留在城堡里做妈妈的跟屁虫吧。

还说要当什么男子汉，照我看呀，你就是一个可怜的胆小鬼！"

这句话刺伤了乔治的自尊心，他瞪着眼睛，攥紧了拳头："既然你这么说，那就去吧！不就是到湖边去吗？我会向你证明，我根本不是胆小鬼！"

6. 王子和公主的探险

乔治有一个特点，要么不做某件事，一旦决心要做，就一定会尽快实施。所以，次日他们吃完了饭，趁着克莱丽德王后不注意，他就拉着蜜蜂公主的手腕，将她拽出了餐厅，悄悄说道："我们该出发啦！"

两个孩子躲躲闪闪地穿过大厅，跑下楼梯，穿过花园一溜烟跑了出去，然后沿着地下暗道跑出了城堡。蜜蜂跑不动了，她喘着粗气拉住了乔治的手，叫道："你到底要带我去哪儿呀？"

"当然是去湖边！你忘了吗？我们昨天才说好的！"乔治说。

蜜蜂呆住了。她万万没有想到乔治这么快就要出发，她还没有做任何准备，甚至没有穿一双适合长途跋涉的鞋子！但是乔治根本不理会这些，他只是一味催促着蜜蜂："你还不走吗？马上就要来不及了，如果我们被人发现的话——"但是蜜蜂依然犹犹豫豫地做不了决断。

乔治很不高兴！"女孩子就是麻烦！"他不满地想着，"昨天明明是她主动提出要去湖边冒险的，现在居然又反悔了。现在，到底谁才是胆小鬼？哼，不管她怎么说，总之，我是一定要去湖边的，我要证明我是一个真正的男子汉！"

乔治越想越生气，他放开蜜蜂的手，转身一个人噔噔噔往湖边的方向跑去了。看到他这副模样，蜜蜂着急了，连忙追上去叫道："等一等，等一等！我跟你去就是了，虽然我还没有做好准备，但是我不会让你独自去冒险的！"

乔治的心里暖暖的，他很快就握住了蜜蜂的手，用力点了点头。两兄妹重归于好，乔治说："我们应当走郊外的小路，否则很容易碰上认识我们的人。来吧，跟着我走，沿着墙角有一条隐蔽小路可以出城呢！"

他这样说着，带着蜜蜂踏上了通往城外的路，寻找大湖与水妖。

蜜蜂仍然显得非常紧张。她不认识周围的环境，生怕会迷路，遇到坏人，再也回不了家。但是乔治显得信心满满，他拍着胸脯对蜜蜂做出了保证。

"只要按照计划走，就不会有任何问题！"他笃定地说，"你知道那条通往教堂的路，对不对？在那条路两边有大片大片的庄稼地，只要我们往那些茂盛的庄稼里一钻，保准没人能看得到我们！我们可以猫着腰悄悄穿过田野，沿着郊外的小路往前走，肯定能走到湖边！"

两个孩子出发了。在那条又长又狭窄的田间小路上，到处都是五颜六色的花朵，它们都精神抖擞地盛开着，像是在比谁更鲜艳。微风一吹，这些花儿轻轻摇晃着，散发出一阵阵淡淡的香甜味，闻着真是让人心情舒畅。蜜蜂公主兴高采烈地穿梭其间，她像小蜜蜂一样忙碌，边采着花，边哼着欢快的小曲，心里想着要将这份美丽带回去献给母后。遗憾的是，这些娇弱的花朵在烈日下很快就失去了生机。当他们经过一座古朴的石桥时，蜜蜂公主灵机一动，她让乔治把她举高后小心地将花束摆放到石像的手中，好似给石像添上一抹生趣。刚放下花，一只小鸽子飞来落在石像肩上，啄起了花。蜜蜂公主见状，笑眯眯地说："小鸽子，你也喜欢这些花呀，慢慢享受吧！"

阳光越来越炙热，蜜蜂和乔治在烈日下已经走了许久，汗水浸湿了衣裳，喉咙也干得发紧。

"我不想继续走了。"蜜蜂抱怨道，"我想喝水……"

"可是，附近没有水啊。"乔治也觉得自己的嘴唇发干，嗓子里火辣辣地疼，他回头看了一眼，"刚才倒是看到了一条小河，可是我们并没有停下来喝水，现在已经来不及啦。只能再走一会儿，希望能碰见一条小溪，或者是一眼清泉吧。"

"太阳实在太晒了，就算我们接下来能找到小溪，溪水肯定也会被太阳晒干的！"蜜蜂公主不情愿地说着，在原地坐了下来，她实在没力气继续走了。

就在乔治不知道该怎么办的时候，忽然，路边走过去了一个提着篮子的老奶奶，清甜的水果香味随风飘来，她挎着的篮子里满满当当都是水果！乔治高兴地叫了起来："水果！你想吃樱桃吗，蜜蜂？"

"我想！我太想吃了！"蜜蜂欣喜地说，她在自己的裙子口袋里翻找了一会儿，找到一枚亮闪闪的金币，她举着这枚金币向老奶奶跑了过去，叫道："老奶奶！请等一等！我们用金币来买您的樱桃，可以吗？"

老奶奶愣住了。她打量了一下蜜蜂公主的外表和装扮，又仔细看了看她手里的金币，认定这个贵族小女孩根本不懂得金币是什么。要知道，哪怕是她亲手种植的那棵樱桃树，甚至周围富人们的那一整片樱桃园，都抵不上这枚金币的价值！可是她有心想占这两个小孩子的便宜，因此并没有说破，只是接过金币，将自己的篮子递了过去："想吃多少就拿吧。"

"谢谢您！"蜜蜂高兴地说，她抖开自己的裙摆，往里裹了两三把樱桃，紧紧地用裙子兜住。这个时候，乔治已经走到了她们身旁，蜜蜂再次给那个老奶奶塞了一枚金币，"再卖给我哥哥一些樱桃吧，求求您了！"

一小篮子樱桃居然能换到两枚货真价实的金币！老奶奶再一次被吓了一跳，她依然没有将实情告诉蜜蜂，而是将剩下的樱桃放进了乔治的帽子里，随即带着两枚金币匆匆离开了。

这些樱桃可真是一场及时雨！两个孩子的疲倦和口渴都得到了缓解，他们再一次蹦蹦跳跳地行走在小路上。乔治从自己的樱桃里找到几颗好看的，当作小首饰给蜜蜂挂在耳朵上。蜜蜂得意地摇晃着自己的小脑袋，两个孩子都笑了起来。

太阳越升越高，气温越来越热，乔治和蜜蜂在太阳底下轻快地跑了一会儿，但是他们剩下的力气也很快耗尽了，蜜蜂穿着的缎子鞋实在是太轻薄了，根本无法适应崎岖的小路。很快，鞋底磨破了，蜜蜂的脚也被磨伤了，每走一步就疼得她连连皱眉，这可没办法继续往前走了。

乔治很快注意到她走路时的不自然，他扶着蜜蜂坐了下来，让她慢慢活动僵硬的脚腕，并且帮她把鞋子脱掉，鞋底里立刻滚出来几颗小石子，乔治抖了抖鞋面上的尘土，发现鞋已经彻底被磨破了，这双鞋不能再穿了。

可是，接下来该怎么办呢？就算他们想要回到宫殿，这也不是一件立刻能够办到的事情，他们已经从宫殿走出来这么远了。蜜蜂回头看着小路尽头宫殿的方向，眼圈一红，呜呜咽咽地哭了起来。

"我……我的脚好疼啊。"她哽咽着说，"我一步也不能继续走了，接下来可怎么办呢？我们没法去湖边，也没法回家！妈妈该有多难过啊，我们一开始就不应该离开宫殿。"

乔治也悬着一颗心，他既担心妹妹的脚伤，又为目前的境况而发愁。不管怎么说，在这里哭泣是毫无帮助的。他小心翼翼地给蜜蜂套上了鞋子，扶着她站了起来。

"相信我吧。"他说，"我会想办法的，我们肯定能在天黑前平平安安地回到宫殿里。"

就在这个时候，远处传来了一阵轻柔的歌声，附近有人！乔治的眼睛一亮，连忙沿着小路跑了起来，他仰着脑袋仔细地看了看远处的情况，不由得心花怒放，立刻喊了起来："那里有一片湖！蜜蜂！你快来看啊，我们找到大湖了！"他实在太高兴了，忍不住在原地蹦跳起来。

蜜蜂连忙忍着脚疼跑了过来，当她看到眼前的一幕时，也忍不住双眼发亮。原来，山谷底下正是那片让他们心心念念的大湖，水波清澈，周围高山耸立，这片山水美丽得无以复加。乔治和蜜蜂兴奋地互相拥抱着转起圈儿来，他们迫不及待想要立刻跑到湖边，掬一捧清凉的湖水。

然而，他们转来转去，始终没有找到通往湖边的路。乔治眼尖，一眼就看到不远处有一个身披羊皮斗篷的姑娘，她驱赶着一大群鹅，一定是住在附近的农户！

乔治连忙向她跑了过去，他很有礼貌地向着姑娘点了点头，说道："您好！我和妹妹想要去湖边看一看，请问哪条路可以通向那里呢？"

"湖边？不！"姑娘慌慌张张地说，"你们为什么要去那儿呢？那里可不是什么好地方！"

"这是为什么？那是多么漂亮的一片湖啊！"乔治诧异地说。

"这……我没办法告诉你们，总之……总之不要靠近湖边就是了，这是为了你们好！"姑娘坚持说道。

"不，我们必须到湖边去。"在这一点上，乔治也表现得格外坚决，"我们走了很远的路，我妹妹甚至为此磨破了脚，如果临阵退缩，我们一定会感到很后悔的。"

"这……"牧鹅的姑娘犹豫了，她看了看神色坚定的兄妹俩，又看了看蜜蜂那双磨伤了的脚，只好给他们指了一条路。

"那你们就去吧，只不过，湖边非常危险。一旦发现什么不对劲，你们可要赶紧回来啊！"

"放心吧！"两个孩子一口答应，连蹦带跳地跑向了那条小路，完全没有注意到牧鹅姑娘紧皱的眉头。

"就快要到湖边了，我心里真是说不出来的高兴！"乔治兴冲冲地说，"但是，下次再有类似的旅行，我们必须记住提前准备食物。说真的，我现在已经饿得前心贴后背了。"

"说不定，我们可以从树林里找到一些榛子。"蜜蜂出主意道，"但是，我们还是忍一忍，看过了大湖就尽快回家吧！你看，太阳已经偏西了，很快就要天黑了。如果天黑前我们还没能回到宫殿，肯定会遇到危险的。"

乔治赞同她的说法，正要回答，却听见不远处隐隐传来了骏马疾驰的声音。他们回头一看，只见远远奔过来一队骑兵，盔甲齐备，刀光凛然。两个孩子吓了一跳，连忙钻进树丛里，连一口大气都不敢出。他们以为是强盗或者土匪，其实，那是克莱丽德王后派来的士兵，专门来寻找这两个孩子的。

乔治和蜜蜂躲在树丛里等了好一会儿，好不容易才等到骑兵的马蹄声渐渐消失。他们钻出树丛，沿着那条狭窄弯曲的小径往山谷里走去。不一会儿，他们就走到了湖边，深吸一口气，清凉的水汽扑面而来，别提有多舒服了！

湖岸边种植着一棵棵垂柳，微风吹来，柳枝随风摇曳，细长的柳叶轻轻地落在水面上，茂盛的芦苇东一丛，西一丛，再往远处看去，水面上漂浮着一片片睡莲舒展的碧绿叶子，叶子旁白色的花朵竞相绽放，一只只小蜻蜓扑着翅膀在莲叶间飞来飞去，尽情嬉戏。

乔治和蜜蜂都忘记了一路走来的艰难和辛苦，他们绕着湖岸又跑又跳。蜜蜂脱掉鞋袜，将双脚浸入冰凉的湖水中，疼痛的地方很快就得到了缓解。蜜蜂对水边生长的植物很感兴趣，她采下了水草和香蒲草，兴致盎然地把玩起来。风儿轻轻吹拂，车前草和紫色的无名小花在风里微微摇摆着，仿佛在向新来的两位小伙伴打招呼。

7. 乔治被抓

两个孩子沉浸在这静谧而有趣的大自然中，早已经忘了要尽快赶回家的计划。他们在湖岸边尽情地休息放松，用清凉的湖水洗净脸和双手，缓步在湖边走了一圈又一圈，当他们走过柳树下的一片草丛时，忽然听到扑通的一声，像是什么东西掉进了水里。乔治和蜜蜂不约而同都惊叫出声，连忙跑到湖边观察水里的波纹，直到这个时候，他们才发现那只不过是一只跳进水中的小青蛙，不由得都笑了起来。

两个孩子并不知道，这可不是普通的青蛙——那是假扮成青蛙的水妖哨兵，负责观察湖岸上的动静。他们发现任何消息，都会立即潜进水中，将消息告知其他水妖。没错，克莱丽德王后所说的那个故事并不是空穴来风，湖水深处的确住着许多水妖，他们对每一个过路人都心怀恶意。

可是乔治和蜜蜂对这一切毫不知情，他们依然陶醉于湖岸旁的美景中，乔治试着向湖中抛石子，每抛一次，都会漾起深深浅浅的涟漪。

"我真喜欢这里，乔治，我都舍不得回宫殿了！"蜜蜂兴奋地说，忍不住在原地转了个圈儿，她的动作幅度过大，拉扯到了伤口，嘶地倒吸了一口凉气。她低头仔细一看，这才发现脚上的伤口再一次撕裂流血了。蜜蜂公主痛得连连呜咽，怎么能不回宫殿呢？湖岸边可没有医生，也没有能够处理伤口的药物啊！

"快坐好，不要再乱动了，让我看看你的伤口。"乔治扶着蜜蜂在草地上坐好，仔细地检查了她脚上伤口的流血状况，采来了一种专门止血的草药给她敷上，这种草药令蜜蜂觉得凉丝丝的，伤口似乎也不那么疼了。处理好了蜜蜂的伤口，乔治随即在湖岸边寻找起了食物。这里生长着不少高大繁茂的野桑树和榛子树，很容易就能找到果实充饥。乔治用自己的帽子兜来了一大捧桑葚，桑葚又酸又甜，生津止渴。

"附近还长着不少草莓呢，掉在树丛里的榛子也不少。来，把你的手绢给我，我会带回来很多食物的。"乔治像个小大人一样说道，在这里，他自然而然就承担起了照顾妹妹的职责。他在柳树下铺开了一张软乎乎的苔藓床，扶着蜜蜂公主在床上躺下来，随即就去忙自己的事情了。

蜜蜂乖乖地躺在苔藓小床上，仰头看着天空。太阳已经落下去了，天幕上浮起了几颗若隐若现的星星，一弯月儿慢悠悠地升上天，又被云层挡住了一大半。在微风的吹拂下，蜜蜂觉得自己的意识越来越涣散，困意袭来，她的眼皮开始打架。就在她即将沉入梦乡的时候，她迷迷糊糊地看到有什么东西飞过上方的天空，遮住了朦胧的月儿……那仿佛是一个骑在乌鸦背上的小矮人，这可真是一个古怪的梦啊！蜜蜂这样想着。

蜜蜂并不知道，她眼前出现的一切都是真实的。骑在乌鸦背上的小矮人绕着她仔仔细细地转了好几个圈儿，嘴里嘀嘀咕咕地说着什么，最后摇了摇头，撇了撇嘴，一甩乌鸦身上的缰绳，乌鸦当即拍着翅膀又飞了起来。

"乌鸦……小矮人……月亮……"蜜蜂呢喃着这些破碎的词语，没有人能听得懂她在说什么，就连她自己也不是十分明白。她实在太累了，根本没办法仔细思考她见到的那些东西，转眼就睡着了。

当乔治抱着一大包草莓和榛子满载而归的时候，他看到的就是这样一幕，蜜蜂紧闭着眼睛呼呼大睡，看起来安详极了。乔治将带回来的东西逐一收好，盘腿坐在蜜蜂身边守着她。窸窸窣窣的虫鸣声响起，夜晚的雾气在水面上轻轻漂浮着，湖面则如同镜面一般平静无波。

乔治凝视着湖面的方向，隐约看到湖水中升起了一束光，这是怎么回事？乔治揉了揉眼睛，站起身来，仔细看了过去。没错，并不是他眼花，湖水中的的确确升起了一簇火焰！这一簇火焰仿佛有着自己的生命一样，在水中沉浮跳跃，欢笑舞蹈。乔治被一种奇怪的冲动驱使着，又向湖边挪了一步，这一次他看清楚了，火焰下方的水里似乎藏着一个女人！他的呼吸一瞬间僵住了，那就是传说中的水妖吗？

就在这一瞬间，乔治看到波浪分开，湖水退去，一个个身姿窈窕的水妖从湖底深处缓步走了出来。她们的鬓发间有水草和贝壳作为装饰，幽蓝色的头发长而蜷曲，轻柔地披在肩头，精致的纱巾裹在她们的胸口处，一颗颗珍珠在纱巾间闪烁着柔和的光芒。

天哪，他该如何应对水妖呢？乔治只觉得自己的脑袋里嗡的一声，下意识拔腿就要跑。然而，水妖的速度比他快得多。乔治只觉得一条冰冷黏腻的手臂猛地伸了过来，紧紧箍在他的脖子上，令他无法呼吸。

乔治张开嘴巴拼命呼救，但是周围没有一个人能听见他的声音。水妖将他拖入水底，拖进了一座华贵的水晶斑岩宫殿。

8. 遇到小矮人

月亮渐渐升高了，湖岸边陷入了一片寂静，没有鸟鸣虫嘶，也没有悄悄跑过森林边缘的动物。乔治已经离开很久了，但是蜜蜂公主对此一无所知，她仍然酣甜地睡着。温柔的月光笼罩在她的身上，使她白皙的小脸在月光下更为动人。

就在这时，天空中传来了乌鸦拍打翅膀的声音，原来是刚才那个古怪的小矮人又来了。这一次，他身后跟着好几个面貌相同的小矮人，他们个子很矮，脸上遍布皱纹，头发胡子都已经花白了，走路时的姿势却像是年轻人一样，步伐又快又稳。他们嘻嘻哈哈地笑着，你追我赶，围到了蜜蜂身边。这个时候，他们的脸色却忽然严肃起来，他们瞧了瞧沉睡中的蜜蜂公主，又瞧了瞧身边的同伴，似乎在沉思着什么。

将他们带来的那位领头小矮人昂起了头，悄声说道："你们看！我说得一点儿都没错，她就是世界上最漂亮的姑娘！这是不是让你们大开眼界了啊？"

"确实如此，我从来没有见过这么让人心动的姑娘……"一旁的小矮人喃喃说道，他个子虽矮，却散发出一种浓浓的书卷气息，像是一位诗人，"你们看，她的脸庞泛着红润的光，简直就像是晚霞照在山坡上的光彩。还有她那蜷曲而柔顺的金色秀发，我敢说，我们永远也熔炼不出这样色泽的黄金！"

"没错！我们的想法和诗人皮克一模一样！"周围的其他小矮人也讨论了起来，"那么，我们要不要带走这位漂亮的姑娘呢？"

小矮人们面面相觑，都犹豫了起来。他们不愿意惊扰这位漂亮姑娘的好梦，可是让她孤零零一个人在野外湖边酣睡，未免有些危险。小矮人保罗想了一会儿，说道："就算不带走她，也应该把她叫醒，不能让她继续在这里睡觉了。湖边入夜之后很冷，她要是在这里睡一整晚，明天说不定会生一场重病呢。"

"你说得对，我们也是这么想的！"周围的小矮人们纷纷点头，他们一起凑到了蜜蜂身边，有的小矮人拽拽她的衣袖，有的小矮人拍拍她的肩膀，有的小矮人在她的耳边轻声叫着。很快，蜜蜂公主就醒过来了。

经过一整天的长途跋涉，蜜蜂太累了，因此她睡得很沉，刚刚睁开眼睛的时候，还有些迷迷糊糊没有反应过来呢。她那张舒适精致的大床怎么变成了一堆苔藓？她身边怎么围绕着这样一群古怪的小矮人？难道她不在克莱丽德宫殿的卧室里吗？

蜜蜂公主揉了揉眼睛，环顾四周，这才慢慢想起之前发生的事情。是的，乔治说要帮她寻找食物，她躺在苔藓小床上等着，不知不觉就睡着了。那么，乔治到哪儿去了？眼前这群古怪的小矮人又是谁？

"你们，你们有没有见到我的哥哥乔治？"蜜蜂试探着问道。但是小矮人们完全不知道乔治是谁，他们互相看看，摊开手表示他们帮不了蜜蜂。蜜蜂着急了，乔治不知去了哪里，她一个人孤零零地在湖边，还有这一群稀奇古怪的小矮人围着她……想到这里，蜜蜂就忍不住呜咽起来，她的眼泪一滴一滴地打在自己的衣襟上，打在苔藓小床上。小矮人们也慌了神，他们很想帮助蜜蜂，却不知道应该怎样做。小矮人保罗轻轻握住了她的手指，说道："别哭了，好姑娘，你把事情的前因后果告诉我们，说不定我们能帮助你呢。你和你的哥哥是怎么来到湖边的？你们又是为什么来到这里的呢？"

在小矮人们的劝说下，蜜蜂慢慢地停止了哭泣，她抬起头来，仔细打量着周围的小矮人们，他们虽然相貌古怪，身材矮小，却有着一双双温和与充满善意的眼睛。也许，他们真的能够帮助自己呢？蜜蜂吸了吸鼻子，伸手抹了抹眼泪，回答道："我的名字叫蜜蜂，我是和哥哥乔治一起到这儿来探险的，乔治说要帮我去摘草莓，可我一醒过来就看不到他了……你们能帮我找找他吗？我们早就该回家了，妈妈不知道有多担心我们啊……"

小矮人们听了蜜蜂的故事，都对她非常同情。"可是，就算我们找到了乔治，你们也不能立刻离开啊。"小矮人皮克说道，"你看，你的脚伤得这么厉害，根本没办法长途跋涉。至于乔治，他是个比你年纪大的男孩子，肯定能应付所有困难的。来吧，先在这里休息一会儿，让我们好好照顾你。你会愿意去我们的家乡洛克王国做客的，对吗？"

蜜蜂心里非常犹豫，她不愿意离开湖边，万一乔治回到这里，却看不到她，那该怎么办呢？可是夜晚的湖边实在太冷了，她又饿得肚子咕咕叫，磨破的脚也疼痛难忍。没有别的办法了，她只好听从小矮人们的安排，先填饱肚子，再去洛克王国做客。

说着，骑着乌鸦的小矮人去拿来了各种各样的食物，有鹧鸪烤肉、面包和红酒，有的小矮人叽叽喳喳陪着蜜蜂聊天，有的小矮人在周围巡逻，还有的小矮人动手弄来不少树枝和苔藓，准备给蜜蜂做一副简易的担架。蜜蜂的脚伤太严重了，没办法自己走路，所以小矮人们决定用这副担架将她抬去洛克王国。

9. 初见洛克王

小矮人们非常熟悉周围的路，他们抬着蜜蜂的担架轻快地跑着，却没有让她感觉到一丁点儿的颠簸摇晃和不舒服。她好奇地环顾四周，看到周围山间青翠欲滴的树木。当小矮人们穿过树丛的时候，蜜蜂能看到树丛里藏着的一块块红褐色花岗石，仔细看时，还能看到花岗石表面的一条条花纹呢。

他们渐渐地偏离了大路，走向荒僻无人的山间小路，树林越来越密，稀疏的光线透过树冠照进来，他们似乎走进了群山深处，这里没有人类走过的痕迹，甚至没有动物的声音，简直像是与世界隔绝了。

蜜蜂觉得自己的一颗心跳得越来越快，小矮人们方向一转，排成一队，小心翼翼地钻进了一条狭长的岩石裂缝里，蜜蜂坐着的担架勉强能从石缝里过去。她看了看周围，到处都是扛着刀枪剑戟的小矮人。他们要做什么？难道要对她发起攻击吗？

蜜蜂感到非常紧张，幸好周围的小矮人们并没有伤害她的意思，他们只是在这里扛着武器进行巡逻呢。蜜蜂放下心来，不由得仔细打量他们。这些小矮人身穿兽皮制作的衣服，肩膀上扛着弓箭袋，手里提着长刀和长矛，身后不远处的石壁上到处都挂着兽皮和风干以后的肉，所有这些让他们看起来可怕残暴，可是他们的眼睛却并不是这样。和湖边遇到的小矮人一样，他们的眼睛里都透出了温柔和清澈的光芒，蜜蜂公主这才舒了一口气，她确信，有着这样纯净眼睛的小矮人是不会伤害自己的。

小矮人们抬着蜜蜂的担架继续向里走，负责巡逻安保的小矮人们逐一分开后退，最里面走来了一位威风凛凛的小矮人。他身披着一件剪裁精致的金色披风，头戴王冠，王冠上一颗颗宝石闪着微光，一根金红色的翎毛插在王冠顶端。他腰上挎着一只银光闪闪的号角，当他阔步走来的时候，浑身散发着高贵的气质。

"尊敬的洛克陛下。"陪同蜜蜂公主一起走来的小矮人们放下了担架，他们深深地弯下了腰，"我们在湖边找到了一位世上最美的姑娘，她的名字叫作蜜蜂，我们请她来洛克王国做客了。"

蜜蜂从担架上站了起来，她光洁的面庞映在微光下，她的青春与美丽令人窒息，就连对面的洛克王也不禁愣住了。

洛克王很快回过神来，他向着蜜蜂公主微微地鞠了一躬，彬彬有礼地说："欢迎你的到来，蜜蜂姑娘。很荣幸我们能够接待这样一位美丽的客人。请放心地在洛克王国住下来吧，我向你保证，我的子民们都会发自内心地尊敬你，热情友好地招待你。如果你遇到什么困难，有什么需求，都可以让我来帮助你。"

"谢谢您，您真是太好了，洛克王陛下。"蜜蜂说道，"能不能请您为我准备一双拖鞋呢？我自己的鞋已经磨坏了，我的脚伤得很严重，只能穿拖鞋。"

"当然没有问题，我会让我的御用鞋匠帮你制作一双合脚且舒适的拖鞋。"洛克王拍了拍手，身后的岩石墙壁立即分开，露出一条又长又深的甬道，一个小矮人从甬道深处快速跑了过来。洛克王向着蜜蜂指了指他："这就是我的御用鞋匠。"

说完，洛克王对鞋匠吩咐道："现在，我命令你为这位小姐制作一双舒适的拖鞋，所有的原材料都要使用最好的。挑选最柔软的皮革、缝着金线的布料，还要一千颗珍珠作为点缀。去吧，我要看到一双最完美的拖鞋！"

御用鞋匠微微躬身，听完了洛克王的全部吩咐，随即走到蜜蜂的身边，请她抬起脚来让自己测量尺寸。

蜜蜂一遍遍地向洛克王致谢，说道："太感谢您了，洛克王陛下！有了这双拖鞋，我很快就能自己走路，回到克莱丽德王国，回到我妈妈身边了。"

"什么？"洛克王吃了一惊，连连摇头，"我给你拖鞋，可不是为了让你离开我身边的。听好了，亲爱的蜜蜂姑娘，你可以得到你想要的所有东西，但是你不能再离开洛克王国一步了，这就是我们这里的规定。"

"不，不，请您让我回家吧！"蜜蜂公主恳切地说，"我不需要您耗费巨资为我制作拖鞋了，我只是想要一双普普通通的木鞋，只要能让我回家就够了。"

"绝不可能，你还是放弃这个念头吧。"洛克王冷漠地说，"这样的事情我经历得够多了，当你离开这片国土以后，就会彻底忘了我们！"

"不会的，请您相信我。"蜜蜂的眼圈已经红了，"如果您愿意放我回家，我会非常感谢您，时时刻刻都记着您，祝愿您身体健康。可是如果您将我强行留在这里，不让我见到妈妈和乔治，只会让我憎恨您、厌恶您！"

"乔治？那是谁？是你的心上人吗？"洛克王不满意地问。

但是蜜蜂已经有些讨厌眼前这位自私自利的洛克王了，她不愿意回答他的问题，只说："如果您非要让我留在这里，只能让所有人都不愉快。您为什么一定要这样做呢？"

洛克王久久地凝视着眼前的姑娘，一时也感到左右为难。他既不愿意让蜜蜂伤心，又不愿意让她离开洛克王国。他已经对蜜蜂产生了一种占有欲，不愿意让她离开自己的视线。再说了，那个名叫乔治的小子到底是谁？

谈话陷入了僵持之中，洛克王犹豫了很长时间，才不情愿地说："我不会改变我的决定，但是我可以让你的妈妈在睡梦中见到你。她可以在梦中和你说话，这样就不会太悲伤担忧了，这总行了吧？"

"那么，也让我在梦中见到我的妈妈吧。"蜜蜂流下了眼泪，她终于知道，她在短时间内无法回到克莱丽德王国了，"一个梦实在太短暂了，请您让我和妈妈接下来每晚都能在睡梦中相会吧。"

洛克王同意了这个请求，对他而言，只要把蜜蜂公主留在身边就足够了。

从此以后，蜜蜂就生活在了小矮人的洛克王国里，直到入夜以后，她才能在梦中回到熟悉的克莱丽德王国，与亲爱的妈妈见面。这样的梦境抚慰了母女俩的情绪，克莱丽德王后尽管依然担忧，总算是没有一开始那么痛苦了。

10. 地下王国的岁月

对蜜蜂而言，洛克王国和克莱丽德王国的生活习惯实在是差异太大了。洛克王国深埋地底，光线昏暗，地域辽阔。一座座城市就建在坚硬的岩石上方，天然繁复的岩石花纹就是对宫殿的最好点缀。仰头看去，洞穴顶端薄雾缭绕，仿佛掩藏着数不清的秘密。蜜蜂很难在洛克王国里看到天空，幸好这里的照明条件很好，就算没有太阳，小矮人们生活的地方依然是亮堂堂的。他们使用的照明工具十分特别，既不是传统的火把，也不是油灯，而是一种神奇的小球。这些小球拥有吸收日月星辰光辉的奇妙能力，到了夜晚，它们便能释放出温暖的橘黄色光芒，照亮周围的一切。第一次看到这样的小球时，蜜蜂还被吓了一跳呢。

生活在洛克王国的小矮人天性活泼，而且非常具有创造力。许多小矮人都喜欢动手改造自己的房子，当蜜蜂走在街上的时候，她可以看到各式各样风格不同的建筑物。

竞技场是王国中最常见的建筑物，大块大块的石头被凿平做成看台，沿着陡峭的石头阶梯一路向下，就能走到半圆形的竞技场中心了。每一座竞技场都规模惊人，震撼人心。除此之外，水井也是常见建筑，几乎家家户户都有自己的水井，井台由巨大的岩石雕刻而成，石面上刻着一条条复杂的花纹，简直是一件艺术品。

小矮人们经常打扮得花花绿绿，在高大的岩石间不断穿梭。他们最喜欢的装饰物就是插满蕨类植物的帽子了。这些小家伙擅长跑跳，就算从十几米的高空跳下来也不会受伤，而是会像篮球一样弹起来，经过几次缓冲，再安全落地。看到他们这样的举动，或许你会忍不住笑起来，但是如果你亲眼见到他们的模样，就不会抱着逗乐的心态了。这些小矮人们都有着老者的外貌，神情严肃端庄，不容侵犯。

对小矮人们来说，工作就是最有趣的事情了。他们的分工各自不同，有的小矮人专注于挖掘矿场，寻找一块块适合打磨的石头；有的小矮人喜欢将璞玉雕琢成闪闪发亮的首饰；还有的小矮人能够从最普通的砌墙工作中找到乐趣。当他们埋头忙活着自己的工作时，总是双眼发亮，神采飞扬。叮叮咣咣的敲击声连成了一首清脆动听的乐曲，如果仔细去听，就能听到小矮人蕴藏在曲子里的快乐情绪。

洛克王国的每一寸土地都被快乐所笼罩着，只有一个地方例外，那就是蜜蜂公主的住所。

被洛克王强行留在洛克王国以后，蜜蜂公主始终愁眉不展。她独自一个人住在洛克王王宫对面的一间白色小屋子里，所有的家具和摆设都是最好的，棉布做成的门帘摸起来柔软舒适，冷杉木家具散发着

淡淡的幽香。这里的墙壁也是由岩石做成的，但是岩石顶端裂开了一个相当大的缝隙，日光能够暖洋洋地照进蜜蜂公主的卧室里，如果天气晴朗，她还能在临睡前数一会儿天幕上的星星。

蜜蜂不愿意让别人来服侍她的生活起居，尽管数不清的小矮人都主动提出，他们愿意来当她的仆佣。洛克王为蜜蜂提供了最舒适的生活，但洛克王不愿意满足她唯一的愿望——允许她离开洛克王国，回到她的家乡——克莱丽德王国。

小矮人们比普通人更擅长钻研大自然的秘密，他们熟悉每一座山、每一条河，他们无法从书本上学到知识，因为洛克王国并没有属于自己的文字，他们的知识都是口口相传。小矮人们很愿意带着蜜蜂一起走出房门，和她分享他们懂得的东西。

蜜蜂很享受跟小矮人们一起外出的时光，他们总是带着蜜蜂一起走进山林，走进深谷，向她介绍路上遇到的每一株植物的用途，带她一起描摹石头上的特殊花纹。是的，大自然是最神奇的造物主，它所做的东西是最美丽的。

除此之外，蜜蜂也很喜欢看小矮人特有的玩偶戏剧表演。小矮人们有着一双双巧手，不仅能够打磨岩石、设计竞技场，更能做出许多千奇百怪的小玩意儿，在这之中，蜜蜂最喜欢的就是小矮人们所做的玩偶了。这些玩偶的形态各不相同，有古板严肃、身披教士袍的老头儿；有天真无邪的活泼少女。小矮人设计了蓝天、海岸、宫殿和庙宇等各式各样的背景板，将不同的玩偶放在背景板前，并且用细线牵引玩偶。在他们的调度下，玩偶们灵巧地蹦来蹦去，又说又笑，演绎着悲欢离合的故事。小矮人们很喜欢编写新的故事，蜜蜂每一次在舞台前坐下来，都会深深沉浸在故事之中，一整天都回不过神来。更难得的是，这些玩偶故事并不只是逗人开心的，其中还蕴藏着许多的人生道理。

除了看戏以外，蜜蜂还很喜欢和小矮人们一起享受音乐。许多小矮人都是成熟的音乐家，蜜蜂跟着他们学习弹奏鲁特琴、中提琴和小竖琴。蜜蜂学得很快，一段时间以后，她也算得上是一位小有名气的音乐家了，许多小矮人观众都很愿意聆听她的演奏。

凡是有蜜蜂参加的活动，无论是戏剧表演还是音乐会，洛克王都会出现在观众席上，显然他不只是为了观赏表演，更多的是为了接近蜜蜂公主。就算舞台上的表演引起观众席上掌声雷动，洛克王也并不会向台上多看一眼，他的目光依然全部落在蜜蜂身上。他贪婪地凝视着她的笑脸，倾听着她说话的声音，他一时一刻也离不开她。显然，他已经被这个小姑娘彻底吸引住了。

蜜蜂住在洛克王国的日子越来越久，十天、半个月、三个月、一年、两年……不知不觉之间，蜜蜂已经在洛克王国住了整整六年，她已经长成了一个大姑娘。如今的蜜蜂不但依然美丽，还有着出色的学习能力和优雅的举止谈吐，在同龄人之中，她已经是一个出类拔萃的姑娘了。

11. 洛克王国的公主

这天，蜜蜂公主应洛克王召见，前往洛克王的宫殿，她并不知道洛克王找她有什么事情。当蜜蜂踏进宫门以后，洛克王就向着身边的财务大臣微微点了点头，几个身强力壮的小矮人跑过来，合力抱起了墙边一块巨大的岩石，将它挪到了一边。蜜蜂流露出了惊讶的眼神，她从来不知道这块巨石可以挪动！随着石头被挪开，墙壁上露出了一条长长的缝隙，日光从缝隙里投进宫殿中。

"来吧，蜜蜂，我们进去看一看。"洛克王这么说着，当先走进了石头缝隙里。

走进去以后会通向哪里呢？蜜蜂并不知道，但她抑制不住心中的好奇，当即跟着洛克王走了进去，其他小矮人也跟在他们的身后。

沿着岩石缝隙走得越深入，周围就越昏暗，两侧岩壁之间的距离正在不断缩小，越走越让人觉得喘不过气来。蜜蜂有点儿紧张，她紧跟着洛克王，快步在甬道中走着。"也许很快就能走出甬道了吧！"她这样对自己说。

不知道走了多久，黑暗的甬道终于到了尽头，他们的眼前出现了两扇紧闭着的青铜大门，洛克王从怀里取出了一把小小的钥匙，咔嗒一声打开锁，推开了门。伴随着轰然的巨响声，暖洋洋的光线从门里照了出来。

蜜蜂的眼睛已经适应了甬道里的黑暗，乍一看到光，她紧紧地闭住了眼睛，几乎感到有些刺痛。洛克王嘱咐道："先闭上眼睛，等适应了光线再睁开。你看，这是什么？"

适应了周围的强光以后，蜜蜂慢慢地睁开了眼睛，眼前的一切简直令人不敢置信：他们身处在一个宏伟的大厅里，高高的穹顶上绘着繁复精美的画，一根根支撑穹顶的柱子都是由大理石做成的，周围挂着闪闪发亮的刀剑、长矛和金盾牌。大厅的角落堆放着小山似的金币和金条，一眼看过去其光芒几乎要晃花了人的眼睛。这里的所有摆设都是由金银和宝石打造而成的，地上铺着软绒绒的地毯，金银线交织的刺绣彰显着华贵，沿着地毯慢慢走去，可以看到玉石高台上那个璀璨的金色宝座，周围摆放着珐琅华盖和雕刻着棕榈树的花瓶。显然，这里的所有东西都是价值连城的。

洛克王坐在了中央的宝座上，将蜜蜂公主叫到了他的身边，他俯视着周围的金银财宝，高傲地说："看到了吗，蜜蜂？这一切都是属于我的财富，无论你想要什么都可以提出来，我会将它无条件赠送给你。"

蜜蜂环顾四周，金银玉石的光芒刺得她眼睛很不舒服，是的，这里的宝物无疑都是价值连城的，可是它们并不能吸引她。

"无论你想要什么都可以。"洛克王又重复了一遍，"你喜欢水晶或者金银器皿吗？你喜欢缀着宝石的香炉吗？你喜欢雕琢精致的银烛台吗？仔细看看这些东西吧，我敢保证，你一定会找到一样最喜欢的宝物。"

可是蜜蜂对这些东西都没有兴趣，她摇了摇头，走到了岩缝投下的阳光里，静静地呼吸着温暖的空气，说道："谢谢您的好意，洛克王。但是我更喜欢天空、日光和微风。"

洛克王并没有对此多说什么，他向着不远处的财务大臣使了个眼色，他手下的小矮人们立刻走了过来，将那块名贵的地毯掀起一角，原来，地毯下面藏着三只巨大的银色保险箱！

财务大臣动手打开了第一只箱子，令人眼花的光芒再一次映在大厅中，原来，箱子里装满了各式各样的宝石首饰，首饰表面反射着日光，泛起五彩缤纷的光芒，洛克王走下宝座，随手抓起了一把首饰，再松开手，那些宝石就丁零当啷地重新落回箱子里。

"我可以将其中最名贵的宝石送给你，我亲爱的蜜蜂。"洛克王用低沉的声音说道，"这里的祖母绿宝石分为三种不同的成色，包括深绿色、蓝绿色和金绿色。这里的许多宝石都来自遥远的东方，黄宝石比初升的太阳更加明亮；红宝石比傍晚的霞光更加瑰丽；紫翠玉、绿松石、猫眼石和玉滴石就更让人眼花缭乱了。你真的不愿意看一看吗，蜜蜂？它们全都纯净美好，不掺一丝杂质。"

"谢谢您，洛克王，但是宝石对我来说没有任何用处。"蜜蜂再一次摇了摇头，"对我而言，这整整一箱的宝石都比不上投在森林里的一束日光，因为日光是大自然的馈赠。"

洛克王向着财务大臣的方向抬了抬手，财务大臣会意，走过去打开了第二只箱子。这只箱子里盛满了最纯净、最圆润的珍珠，一颗颗珠子映着日光，像是一颗颗星星，正在柔和地向人眨着眼睛。洛克王自豪地说："你看！难道你曾经见到过成色这样好的珍珠吗？难道你不会为此感到心动吗？"

蜜蜂看着珍珠，轻轻地叹了一口气。这样明亮纯净的珍珠的确是少见的，但是乔治的眼睛比这些珍珠更加深情温柔。蜜蜂摇了摇头，她移开目光，不愿意再看这些珍珠了。

洛克王依然不愿意放弃。他让财务大臣打开了第三只箱子，并且亲自从中取出了一块晶莹剔透的水晶。透过水晶的外壁，能看到水晶中心冻结了一颗微微颤动的水珠。

"这可不是普通的水珠。"洛克王骄傲地说，"它伴随着世界走过了亿万年岁月，喏，你晃一晃水晶，是不是能看到水珠在微微摇晃呢？我这里的宝贝还不止这些呢！如果你喜欢，我还可以为你寻找包裹着昆虫的琥珀，这些也都是大自然的馈赠，难道不是吗？如果你喜欢这些东西，我愿意双手奉上！"

"不，我并不喜欢这些东西。"蜜蜂难过地摇了摇头，"水珠和昆虫要被永远地禁锢在宝石之中，这可真是一件令人悲伤的事情。要是我能够放它们自由，那就最好不过了……"

洛克王久久地凝视着面前的蜜蜂，他长长地叹了一口气，摇头道："你真让我无计可施，亲爱的蜜蜂。世界上的人大多是贪婪无度的，他们用一辈子的时间追求财富，假如让他们见到这些价值连城的财宝，他们一定会失去理智的。但是你呢，你有一颗纯净无邪的心灵，无论我将多么名贵的宝石、珍珠和水晶摆到你的面前，它们无一例外都会黯然失色。"

一旁的财政大臣恭恭敬敬地走上前来，双手捧着一顶纯金的王冠，他向着蜜蜂深深地鞠了一躬，蜜蜂还没有明白过来这是怎么回事，就听到洛克王说："请戴上这顶王冠吧，我希望你能成为我们洛克王国的公主。"

蜜蜂接受了这个提议，洛克王为她戴上了金灿灿的王冠，周围的小矮人们当即欢呼起来。洛克王国的所有人都真心喜欢美丽的蜜蜂，当她成为公主以后，小矮人们为此接连庆祝了三十天。他们头顶的风帽都换了崭新的装饰品，摇头晃脑地尽情舞蹈，一座座竞技场就是他们庆祝的乐园。不少小矮人走到竞技场中心，高声朗诵自己新写的诗句，这些诗句都和可爱的蜜蜂公主有关。显然，蜜蜂公主的加冕使他们打心底里感到快乐。

12. 洛克王的求婚

在一场场欢庆典礼中，所有的小矮人都欢欣雀跃，只有一个人感到心情沉重——洛克王。他徘徊在欢庆人群的外围，凝视着人群中央笑靥如花的蜜蜂，心里沉甸甸的。他深深地爱着蜜蜂，实在无法割舍她。他盼望蜜蜂能够接受他的求婚，从洛克王国的公主变成王后。但是蜜蜂会同意吗？他并不确定。

洛克王考虑了很久很久，在接连三十天的欢庆典礼以后，他决心举办一场晚宴，在晚宴上正式向蜜蜂求婚。

终于，在觥筹交错的宴会上，在小矮人们的欢呼声中，洛克王举着自己的酒杯，缓步向蜜蜂走了过去。他有些紧张，脸颊上浮现起了淡淡的红晕，他郑重其事地说："蜜蜂公主，在这样一个美好的时刻，我真诚地向你提出一个请求。无论你是同意还是拒绝，都请相信我对你的真心。"

"我相信。"蜜蜂微微地笑着，"你想说什么呢？"

"我希望自己能够和你结婚，希望你可以成为洛克王国的王后，亲爱的蜜蜂，来自克莱丽德王国的姑娘，洛克王国的公主殿下。"洛克王深情地说着，他俯下身来，轻轻吻了吻蜜蜂的手背。

蜜蜂愣住了，她没有想到洛克王会提出这样的请求。她轻轻地叹了一口气，遗憾地摇了摇头："对不起，洛克王，我很感激你对我的照顾，也非常喜欢和你相处，但是你并不是我的心上人，很抱歉，我不能答应你的这个要求。"

对洛克王而言，这是意料之中的事情。可是当他亲耳听到蜜蜂公主的拒绝时，还是不由得感到黯然神伤。他微微地低下了头，蜜蜂看到他眼底闪过了一丝泪光。

洛克王的表现使蜜蜂也感到难过不已，她走上前去，轻轻拥抱了洛克王，对他说道："我伤害到你了，真是抱歉。亲爱的洛克王，我该怎么做才能让你不这么难过呢？"

洛克王压下了自己的黯然情绪，朝蜜蜂露出一个微笑，摇摇头说道："我不需要你做任何改变，蜜蜂，尽管我迫切地希望你也能爱上我，但我更希望你能够坚持自己的想法，度过自由而快乐的人生。虽然我们无法成为伴侣，但我们的友情依然坚不可摧，对吗？"

"我向你保证，你一定是我最好的朋友。"蜜蜂坚定地说。

"等你遇到了真正的心上人，走进婚礼殿堂的时候，我是否也能成为你邀请的宾客之一呢？"洛克王又问。

"当然，我当然很希望能够得到你的祝福。"蜜蜂说，"不过，目前我并没有这个想法。"

洛克王点点头笑了起来。他举高酒杯，提议在场的小矮人都为蜜蜂公主的幸福而干杯，矮人们欢呼着各自碰杯，洛克王国的晚宴厅重新回荡起了悠扬的乐声和欢快的谈笑声。

13.蜜蜂的心事

蜜蜂成为公主的事情使洛克王国上下都欢欣鼓舞，不过，蜜蜂自己并没有感到多少欢愉。

以前，蜜蜂很喜欢去锻铁炉房看小矮人们工作，她能够在这里见到皮克、保罗等许多熟悉的老朋友。蜜蜂喜欢跟他们聊天，喜欢看他们挥舞着铁锤，火星四溅，一下下将铁块凿成合适的形状。当然，这些小矮人也非常欢迎蜜蜂的到来，蜜蜂总是会跟他们嘻嘻哈哈地谈天说地，互相打闹，互相说笑，别提有多快乐了。

然而现在呢？蜜蜂已经变成了尊贵的洛克王国公主，小矮人们见到了她，个个都要深深地低下头，鞠躬行礼，再也不能无忧无虑地一起玩闹了，蜜蜂对此感到很不适应。

除了去锻铁炉房玩耍，蜜蜂从前还经常去拜访洛克王。洛克王学识渊博，待人亲切，很乐意给蜜蜂讲述洛克王国的历史故事，还经常带着她外出散步，观赏自然界里的各类植物，蜜蜂很喜欢和他待在一起。但是，在晚宴上拒绝了洛克王的求婚以后，蜜蜂意识到自己伤了他的心，再见到洛克王就总是有些不自在。自然而然，她也不再上门拜访洛克王了。

这一天，蜜蜂外出散步，走到了长长的岩石缝隙下，她就地坐了下来，静静感受着温暖阳光的照耀。一阵风吹来，细小的尘埃飘浮到了空中，蜜蜂伸出手去，似乎想要抓住它们。

"你在想什么？"一个声音忽然响起，蜜蜂循着声音看去，原来是身姿挺拔的洛克王，他已经静静地看她好一会儿了。

　　看到洛克王，蜜蜂心中的忧愁再一次涌了上来，她轻轻地叹了一口气，说道："洛克王，我很感激你给我提供的一切，也很感谢你的爱意，但是，我在这里生活得并不快乐。"

　　洛克王很快就明白了蜜蜂想说什么。是啊，他将蜜蜂留在身边，无非是盼着这个姑娘能够爱上他而已，既然他的求婚遭到了蜜蜂的拒绝，那么他为什么还不让她回到克莱丽德王国呢？但是，一想到要和蜜蜂分离，洛克王仍然感到心如刀割，他犹豫着说："你真的不愿意继续留在洛克王国了吗？我们能够深入探索大自然，能够掌握许多的知识，我们的生活比在地面上更加纯粹安乐，如果你愿意留下来和我们永远待在一起，我们会生活得非常快乐的。"

　　"我相信这一点。"蜜蜂忧伤地说，"可是，你们毕竟不是我的亲人啊。我的家乡远在克莱丽德王国，我的妈妈还在那里等着我呢。难道我要让她苦等一辈子吗？难道我永远也见不到她了吗？"

　　洛克王很久都没有说话，他转身悄然离开了。蜜蜂心中悲伤不已，她仰起头来，凝望着岩石缝隙里照进来的那一缕阳光。她很久都没有见过铺满大地的温暖阳光了，只有在梦中才能看到那一幕，人人都行走在阳光下，整座城市都有着无限的生机。就在她怔怔地出神的时候，岩石缝隙里投下来的光影渐渐变得黯淡，灼目的金光褪去了，留下了灰扑扑的颜色，最后彻底消失不见。蜜蜂轻轻叹了一口气，她明白，这意味着太阳落山，黑夜来临。她正要站起身回到自己的小屋，忽然有人和她擦身而过，轻轻拍了拍她的肩膀。她惊讶地回头，竟然再一次看见了洛克王。

这一次，洛克王身披一条漆黑的斗篷，他将另一件斗篷递给了蜜蜂，说："披上这件斗篷，我们走吧。"

洛克王带着她飞了起来。风声在耳边呼啸着，蜜蜂张了张口，想问他要将自己带去哪里，但是她还没有问出口，就感觉到洛克王带着她猛地向上一跃，他们跃到了地面上，新鲜空气迎面而来，黑天鹅绒似的夜幕展现在她的眼前，一颗颗星星亮晶晶地闪烁着。

蜜蜂呆住了。洛克王带着她贴着地面飞行，草地近在咫尺，一朵朵娇嫩的花儿就盛开在他们的身边，大地的气息扑面而来，这都是蜜蜂童年时最熟悉的气味，而她已经很久很久没有闻到过了。蜜蜂的心里既快活又酸楚，这一刻的心情难以言喻。

"在此之前，每一次你和妈妈都是通过梦境会面。她可以紧紧握着你的手，亲吻你的面颊，对你说许多的话。"洛克王轻柔地说，"今晚，亲爱的蜜蜂，我可以让你们面对面地真实见面，但是你不能触碰她，不能开口说话。否则，从此以后我的魔法都会彻底失灵，我无法再在你们之间构建梦境了，明白吗？"

"谢谢你，我会注意这一点的。"蜜蜂回答道，远处的克莱丽德王宫出现在她的视线中，她的眼睛灼灼亮了起来，"天啊，我看到了克莱丽德宫殿！我可真是想念妈妈啊！"

在柔和的月光照耀下，克莱丽德的宫殿静静等待着远行的蜜蜂公主归来，蜜蜂沿着城堡前的草地走过去，萤火虫在风中闪烁着淡淡的光芒，是的，这就是她童年时尽情玩耍过的地方。蜜蜂忍不住想要仔细摩挲城墙边的每一块石头，想要爬上城堡旁的大树往下眺望，还想在城堡前的草地上打个滚儿，但是洛克王带着蜜蜂径直向着克莱丽德王后的寝宫飞去了。

在洛克王的法术面前，所有巡逻的士兵和一道道门锁都失去了原有的作用，洛克王带着蜜蜂顺利地进入了宫殿中，沿着一圈圈楼梯走上了最顶端的房间，那就是克莱丽德王后的卧室。蜜蜂久久地站在门前，她不得不深呼吸以平复心绪，这才慢慢地伸手推开了门。烛火发出微弱的光芒，蜜蜂小心翼翼地迈进了房间，她总算看到了她深爱的妈妈！

克莱丽德王后的容貌苍老了很多，她已经不是蜜蜂童年记忆中的那个年轻美丽的女人了，和女儿分别的痛苦几乎击垮了她，她的头发白了一大半，眼睛周围都是青黑色的阴影，她的嘴唇喃喃蠕动着，依然在念着蜜蜂的名字。她轻轻地伸开了双臂，想要将蜜蜂揽进怀中。蜜蜂潸然泪下，她情不自禁地向着妈妈走了过去，想要投进她的怀抱中，就在这时，洛克王一把抓住了她的手臂，强行将她带离了克莱丽德宫殿。

14. 伤心的洛克王

洛克王没有想到的是，这次会面非但没有减轻蜜蜂的思乡之情，反而令她更加痛苦了。她不断地回忆着童年时的往事，回忆着自己在克莱丽德王宫中的经历，想念着妈妈和乔治，这一切都使她心如刀割。

蜜蜂不愿意再和小矮人朋友们会面了，她经常闭门不出，就算出门散步，也只会走到那道长长的岩石缝隙下，凝视着缝隙中投下来的那缕阳光。她无时无刻不在思念家人，思念外面的天空和新鲜的空气，这份深重的哀伤根本无法排解，蜜蜂总是一个人孤零零地掉眼泪。

皮克、保罗和其他的小矮人们都很心疼蜜蜂，他们决定想些办法转移她的注意力。他们在蜜蜂的小屋门前举办了一场盛大的音乐会，长笛、木箫和三弦琴从早奏到晚；组织活动的小矮人带来了新鲜的水果，切成小块放在蜜蜂面前；有的小矮人不停地翻跟头来逗蜜蜂开心。可是，这一切都无法让蜜蜂笑起来。

小矮人们无计可施，他们只能请来洛克王劝说蜜蜂。洛克王轻轻握住了蜜蜂的手，问道："你到底是为了什么而哭泣呢，亲爱的蜜蜂？"

蜜蜂凝视着深情的洛克王，她在心中挣扎了很久，却依然慢慢地说："洛克王，小矮人朋友们，我知道你们都是打心底里关心我，我不愿让你们担忧——请原谅我，我的朋友们，我已经明白了我心中挚爱着的人是谁。这几天以来，每当我想到乔治，我就辗转反侧，难以入眠，我想，他就是我唯一的爱人！"

"什么？！"洛克王愣住了，他不可置信地反问道，"当我向你求婚的时候，你还说你并没有心上人！在这短短的一段时间里，你的想法为什么会发生变化呢？"

"是的，是的，请相信我，洛克王。"蜜蜂急切地说，"当时我对你说的所有话都是真的。那个时候，我对乔治并没有什么特殊的感情。但是，自从你带我前往地面以后，我就不可抑制地回想起了过去的一切，我发疯似的思念乔治，我希望能再次见到他，我希望能了解他的近况，我甚至希望能成为他的妻子！可是我们已经分开这么久了，谁又知道乔治在哪里呢？我对他的情况一无所知。一想到这一点，我就会忍不住哭起来……"

小矮人们面面相觑，谁都不知道该说些什么。周围的乐器吹奏声渐渐停了下来，翻跟头的小矮人也停止了动作，悄悄退到了角落里，皮克和保罗对视了一眼，都在对方眼里看到了遗憾的神情。但是此时此地，没有人比洛克王更加沮丧了。他在原地站了好一会儿，这才默默地走了，他身披紫色斗篷的背影越来越远。

15. 努尔老人的"好消息"

自那天以后，洛克王很多天都没有去看望蜜蜂。她所说的话让他心碎，但是洛克王更担心自己会在激愤和嫉妒之下对蜜蜂说出更加不得体的话。

所以，他宁愿远远地离开洛克王宫，徘徊在山林和峡谷之中。他天性骄傲，更是洛克王国的统治者，他不会允许别人看到自己狼狈和软弱的一面。当他在山林中彻底地放松了自己的情绪以后，再一次回到洛克王宫里，他又会变得和以往一样了。

但是，每当洛克王独处的时候，他就会双手抱膝，独自坐在墙角里，闭紧双眼，放任自己沉浸在悲伤之中。

洛克王想不明白，他身为洛克王国的统治者，管理着成千上万的子民。他富有、博学、宽容、善良，所有的人都对他交口称赞，但是为什么他永远都无法打动蜜蜂的心呢？当他胡思乱想的时候，也曾经想过，他可以强迫蜜蜂做他的妻子，他可以将她关进监牢，逼她就范。但是这又有什么意义呢？毋庸置疑的是，他是深爱着她的，他不愿意做任何勉强她、令她痛苦的事情。如果哀求能够令她回心转意，他大概会毫不犹豫地跪在蜜蜂的脚边，虔诚亲吻她的鞋尖。但是，就算洛克王这样做了，蜜蜂也根本不会被打动。

洛克王简直感到无计可施了。他从来没有这样彷徨无助过，他沉浸在痛苦之中，无法纾解。

最终，洛克王决定去寻找洛克王国中最智慧的——努尔老人，他认为，努尔老人一定能够解答他所有的疑惑，找到问题的解决办法。

努尔老人居住在很偏僻的地方，洛克王沿着地心深处的小径走了很久很久，才终于走到了努尔老人的家门前，这是一口井。井底泛起了微微的光亮，温暖的空气扑面而来，和人们平时所想象的地底世界截然不同。这是因为努尔老人的白太阳和红月亮无时无刻不在交替闪耀着，它们的光明照亮了井底屋子里的所有东西。

洛克王沿着井壁走到了最深处，他看到白发苍苍的努尔老人正佝偻着脊背，在实验台前忙碌呢。一看到洛克王过来，努尔老人就绽开了一个温暖的笑容，他摘下插着野生百里香的风帽，将凌乱的白发随意拢了拢，热情地招呼洛克王道："快坐吧，您怎么忽然来看望我了？这可真让我意想不到！"

洛克王和努尔老人互相紧紧拥抱，寒暄过后，洛克王彬彬有礼地说："我遇到了一桩难事，必须来寻求您的帮助。亲爱的努尔老人，我知道您是洛克王国里最具智慧的人，但愿您能够为我指点迷津。"

努尔老人笑了起来，他轻轻地摇了摇头："或许我所知道的事情比其他的小矮人稍微多一些，可我远远称不上是全知全能。我们所处的世界里隐藏着无穷无尽的奥秘，就算花一辈子探寻，也无法研究透彻啊！不管怎么说，请您先把您碰上的难题告诉我吧，让我们一起研讨思考，说不定能解开谜团呢。"

"太感谢您了。"洛克王说道，"我的问题和一个名叫乔治的男孩有关，他来自白色王国。我想知道他经历了什么事情，目前又在哪里？"

努尔老人皱起了眉毛，他有些不满地看着洛克王："您居然开始和人类打交道了吗，洛克王？这可是没必要的！人类充满野心，他们凶残、愚蠢、懒惰，总是采用暴力解决问题，如果我们试图让他们明白劳动和友情的真正意义，那可真是白费力气！人类和我们是截然不同的两种生物，永远也没有办法相互理解。我认为，试图和人类进行沟通是世界上最可悲的事情了；别再为他们耗费精力了，洛克王，将您的注意力放在工作和生活上，难道不好吗？"

"谢谢您的劝告，努尔老人。"洛克王并没有对此争辩些什么，他知道，努尔老人久居地底，已经不熟悉外面的世界了。如果要把蜜蜂公主的故事对他从头说起，那未免太麻烦了。洛克王并不愿意做无用功，所以他只是郑重其事地重复了一遍："有关乔治的事情对我来说非常重要，如果您有办法，请您务必告诉我，努尔老人！"

努尔老人无奈地叹了一口气，他知道，洛克王固执起来是没人能劝得动的。他走向房间角落，在杂物堆里翻找了一会儿，拿出一面小圆镜子。在洛克王国，小矮人们擅长通过镜子来观察自然、学习知识。他们能够从镜子里看到宇宙中任何时间、任何地点发生的任何事情，镜子是他们探索世界奥秘的好帮手。

努尔老人是洛克王国中最为德高望重的学者，他所拥有的镜子数量也是最多的，比如，水晶镜、黄玉镜、钻石镜……数也数不清。不过，努尔老人刚拿出来的这面小圆镜却并不拥有什么特殊材质，外表平平无奇，似乎只是一面普通的镜子。

努尔老人伸手摩挲着镜面，嘴里喃喃自语，仿佛正在和镜子里的某人对话。隔了一会儿，他才转过身来，对洛克王说道："您想知道的事情我已经明白了，这个名叫乔治的少年目前身处于水妖宫殿里。您知道，如果水妖看中了他，是不会放他离开的。尽管水妖并不是强大的对手，但我们何必为了区区一个人类和他们作对呢？请您再好好地想一想吧！"

洛克王点了点头，再次向努尔老人致谢。听到乔治身处水妖宫殿里的消息，他心中五味杂陈，一时陷入了复杂的情绪之中。一方面，他想到假如蜜蜂知道了这个消息，一定会肝肠寸断，而他怎么舍得蜜蜂痛苦呢？另一方面，乔治身陷囹圄，无法摆脱水妖的魔掌，自然也就无法和蜜蜂相聚，想到这一点，洛克王就不由得松了一口气。

16. 乔治的历险

这天晚上，洛克王再一次失眠了。他说不清自己究竟盼望乔治顺利逃离水妖宫殿，还是盼望他一辈子都不要出现在蜜蜂面前。想来想去，他决定再次拜访那位住在深井中的智慧老人努尔。

"请您再帮助我一次吧！"洛克王恳切地说，"我已经知道他目前身处水妖宫殿，可我还想知道，他是怎样被关在那里的？他是一个怎样的人类？他平时的生活是怎样的？"

努尔老人忧心忡忡地看着洛克王，他已经发现洛克王的状态和平常不一样了。他的眼圈青黑，神色憔悴，那双坚定而沉着的眼神变得黯淡了，看起来有些精神萎靡，令努尔老人不自觉地对他产生同情。

努尔老人犹豫了片刻，最终还是点了点头，他说："我会帮助您的，陛下，但是您必须答应我，不要在和洛克王国无关的问题上耗费太多精力，还有很多更重要的事情等着您去做呢。"

洛克王点了点头示意自己明白了，努尔老人叹了一口气，专心致志地替洛克王子寻找答案。

他从自己的仓库中取出了十几面各种各样的镜子，将它们面对面摆放在一起，镜面互相映照，光线折射，最终都聚集在了房间中央最大的一面镜子上。不同颜色的光线汇聚在一起，好半天才慢慢稳定下来。镜面上呈现出了一幅幅无声的画面：一开始是白色王国的王后将乔治托付给克莱丽德王国的王后，随即是乔治和蜜蜂一同外出探险，接着是乔治被水妖包围，被囚禁在了水妖宫殿之中。洛克王全神贯注，凝视着不断变化的画面。

冰冷的湖水淹没了乔治的头顶，水妖的手臂死死地箍着他的脖子，湖水带来的压力使他睁不开眼睛，喘不上气。就在乔治逐渐失去意识的时候，他忽然听到了一阵悠扬婉转的歌声。就在这一刻，所有的水压和不适感都消失了，乔治在这阵动人的歌声中大口大口地喘着气，仿佛获得了新生。

等到乔治的状态渐渐好转以后，他微微睁开眼，看见周围到处都是五光十色的柔和光线，每一束光线都是从一根水晶柱上折射出来的。许多水晶柱支撑起了一个巨大的洞穴，而他就身处其中。乔治向着洞穴深处看去，视线尽头有着一个璀璨耀眼的华盖与宝座。它们全部是由贝壳、珊瑚、宝石堆砌而成的，宝座周围的水草微微摇曳。乔治定睛一看，宝座上端坐着一个衣着华贵、端庄微笑着的女人，那就是水妖女王。水晶柱所折射出的最柔和的光芒投射在她的身上，她温柔地凝视着乔治，不带一丝恶意。

"亲爱的朋友。"水妖女王说，她那碧绿的眸子里蕴藏着淡淡的笑意，"很荣幸能够邀请你来参观我们的水下王国，我真诚地希望你能够在这里度过愉快的时光。请你永远留在这里吧，我保证，没有任何地方会比这里更加令人快乐了。没有堆积如山的书本、没有繁琐无用的知识、不会有任何痛难和悲泣，在这里，我们只需要尽情高歌和舞蹈，享受生活，享受友情！"

乔治被打动了，正如蜜蜂留在了洛克王国一样，乔治也留在了水下王国，水妖女王热情地招待他，所有的水妖都对他非常尊重。

正如水妖女王所说，水下王国的生活是相当充实愉快的。水妖并不是凶残阴毒的生物，恰恰相反，她们活泼开朗，热爱美好事物。她们能歌善舞，经常邀请乔治参加各式各样的音乐会和舞会。不少水妖都和乔治成了亲密的朋友，她们将自己最珍爱的贝壳首饰送给他，将它们佩戴在乔治的胸口上。

但是，这样的日子过了一段时间以后，乔治就开始发疯似的思念克莱丽德王国和陆地上的世界了。他想念自己的家；想念夏天时的炽烈阳光；想念冬天时的鹅毛大雪；想念平原上的大森林；想念城堡里暖烘烘的壁炉。当然，他最想念的还是蜜蜂公主。他不止一次地向水妖女王提出回家的要求，但是女王每一次都置若罔闻。

乔治住在水下王国的日子越来越久，他也一天天长大了，从男孩长成了一个英俊挺拔的青年。他越来越厌恶留在水下王国，迫切地想要回到家乡。

这天，乔治再一次拜访了水妖女王。他走到女王的宝座前，向她深深地行了一礼，郑重道："亲爱的女王陛下，我再一次请求您让我离开这里，六年以来，我在水下王国度过了愉快的日子，但我无时无刻不在思念我的家乡克莱丽德王国，请您体谅体谅我的心情，好吗？"

水妖女王露出了无可挑剔的端庄微笑，可她却再一次拒绝了乔治，她说："我亲爱的朋友，我可以满足你的所有要求，除了这一点。当你第一次踏入水下王国时，我就对你说，希望你能够永远留在这里陪伴着我们，我们会将你看作家人的，难道不是吗？"

"水下王国里的每一位水妖都对我很好。"乔治承认道，"但是这一切并不是我想要的，尊贵的女王陛下，我只想回到家乡，回到我深深思念着的克莱丽德王国。"

"你并不知道你能在水下王国里取得怎样的成就，乔治。"水妖女王微笑着说，"难道你不想拥有更多的财富和更高的地位吗？如果你愿意留在这里，我可以让你成为水下王国的国王，统治我所有的子民。"

"不，请原谅我，女王陛下，我不愿意成为水下王国的国王。"乔治坚决地说，"在我的内心深处，我早已将我儿时的玩伴蜜蜂看作是我的未婚妻，除了她以外，我不会娶任何一个姑娘。而我的家乡是遥远的克莱丽德王国，无论付出什么代价，我都要回到那片土地上，财富和权势无法让我改变心意！"

水妖女王愣住了，她难以置信地喃喃道："你居然爱上了一个人类姑娘？为什么？难道那个人类姑娘比我更加美丽，比我更加能歌善舞吗？"

"也许在许多方面，她都比不上您。"乔治说，"但是爱情并不是用美貌和才艺来衡量的，她占据了我的心，因此我的妻子只能是她。"

水妖女王沉下了脸色，她倨傲地说："我并不这样想，也许一段时间的静心思考能够使你改变主意。"

她的话音刚落，无数面目狰狞的水妖就从角落里蹿了出来，她们一个个拉扯着乔治的手臂，将他推进了不远处的一座小宫殿里关了起来。

乔治没有料到水妖女王会如此不近情理。接下来的许多天里，他一次次徘徊在这个金碧辉煌的囚笼里，试图寻找到出口，逃出水下王宫，但是他的想法一次次落空了。水下王国的宫殿外围设置着强大的魔法阵，这样的魔法能够隔绝湖水，确保他可以在王宫里正常呼吸。一旦他破坏魔法阵，逃出王宫，就会在短短几分钟内被湖水淹死。难道他这一辈子就必须留在水下王国了吗？乔治经常走到水下宫殿边缘，透过水幕交织成的墙壁，看宫殿外游来游去的小鱼小虾。水草和海葵随着水波轻轻摇曳，它们全都在湖水中享受着自由的生活，不像他，只是个身不由己的俘虏。一想到这儿，乔治心里就非常不好受。

这一天，乔治照旧徘徊在水下王宫里，他走进一间积满尘土的杂物间，百无聊赖地翻检着里面的东西。忽然，他发现杂物间角落里丢着一本灰扑扑的书。书皮是破旧的牛皮纸，用铜钉装订成册，看起来已经有些年头了。乔治随手翻开书页，靠在墙壁上读了起来，令他没想到的是，这本书里的故事相当引人入胜。故事的主人公是一个个勇敢无畏的英雄骑士，他们在外出冒险的过程中扶危济困，战胜恶魔，追求着公平正义。当乔治在阅读这本书的时候，他自己仿佛变成了书中的主人公，也投身到了这场正义的战争之中。合上书本以后，一股愧疚之情涌上了乔治的心头。当他还是个孩子的时候，他也满心期盼自己能够成为一名无畏的勇士，披上戎装，提起长矛，为了国家而战。然而现在，他非但没有保护身边的老弱妇孺，反而变成了一群水妖的阶下囚，永远也无法和自己心爱的蜜蜂公主相会。这样的他算是什么男子汉呢？

乔治一分钟也忍受不了了，他冲回了自己的房间，摘下了墙壁上挂着的长剑，唰啦一声拔出了长剑。他决心和水妖女王拼个高低，就算为此送了性命也在所不惜。他怒气冲冲地穿过水下王宫，冲向了水妖女王的寝宫。负责巡逻的水妖士兵都不敢阻拦他，毕竟，她们都没有见过这样杀气腾腾的乔治。

乔治推开了水妖女王的寝宫大门，端坐在榻上的水妖女王神情平静，仿佛早就知道乔治要来找她。她用那双深绿色的眸子紧盯着乔治，等着他开口。

乔治无所畏惧地挥舞着手中的长剑，大喊道："别再用花言巧语欺骗我了！我命令你立刻打开宫殿的大门，将我放回地面上！要不然，我就和你同归于尽！别以为我不敢，我要在阳光下像骑士那样去战斗。想要将我在囚笼里关一辈子，你做梦！"

水妖女王一点儿也没有把他的话放在心上，她冷冷地笑了："是吗？那就要看你有没有本事逼我同意了。"

乔治气急了，他将寒光逼人的长剑猛地捅向了水妖女王的胸膛，同时大吼道："我们走着瞧吧！我从来没有见过你这么狠毒无耻的女人！"

然而，他的剑尖刚触碰到水妖女王的心口，就像是刺到了坚不可摧的石头上，沉重的魔法力量反弹回来，乔治被摔了出去，手中的长剑也碎成了一小段一小段的。

"不自量力！"水妖女王冷笑了一声，她随意一摆手，魔法阵就笼罩了乔治，他根本无法对抗这股强大的力量。这一次，水妖女王将乔治锁在了一个狭窄的水底囚牢里。

这是一座真正的囚牢，上宽下窄，像"漏斗"的形状，甚至连躺下来都很不舒服。囚牢周围是水幕组成的透明墙壁，凶恶的鲨鱼围绕在墙壁外游来游去，看到乔治，它们就好像是看到了自己的晚餐。它们龇着锋利的牙齿，一下下对笼罩着魔法阵的囚牢撞击着，每一次撞击都使这座小小的囚牢剧烈颤抖着。鲨鱼显得更加兴奋了，它们想要撞破墙壁，冲进来叼走乔治饱餐一顿。然而，乔治根本就没有多看它们一眼，他双手抱着膝盖，脑袋深深地埋进双腿之间，不说话也不吃东西，一动不动。

洛克王和努尔老人站在镜子前，看完了乔治的全部遭遇，乔治的沉重情绪也通过镜面传递到了他们的心中。在这一刹那，洛克王和努尔老人仿佛也被囚禁在了水妖王宫之中，他们面面相觑，都感到心中非常压抑。

"我可以保证，这一切都是真实的。"努尔老人说道，"利用镜子所施展的魔法会反映出水妖王宫里发生的一切，现在，乔治就在囚牢里受着折磨。"

洛克王沉默地点了点头，他回想着镜子里看到的一切，慢慢地说："乔治所在的那个监牢非常眼熟，是在海底漏斗吗？"

努尔老人仿佛猜到了洛克王在想什么，他犹豫了一会儿，点了点头："您说得没错，陛下，那就是海底漏斗，您是想要……"

即使在洛克王国，海底漏斗也是一个鲜为人知的地方，它所在的位置在洛克王国最偏僻的一块领土上。小矮人们需要突破头顶的洞穴，才能接触到海底漏斗所在的那块岩石，几乎没有人知道前往那里的路，除了洛克王国的国王。

洛克王微微地向努尔老人点点头，感谢了他的帮助，随即就告辞了。努尔老人凝视着他的背影，深深叹了一口气。他已经明白了洛克王的目的，他是要前去营救乔治。在努尔老人看来，和人类打交道是毫无意义的事情，但是他更加明白，在看到他人身处险境的时候，应当伸出援手。努尔老人无法对洛克王的选择提出异议。

17. 解救乔治

离开了努尔老人所住的深井以后，洛克王返回了自己所住的宫殿，他走进最深处的宝库，从一只宝箱内取出了一枚珍贵的魔法戒指。这枚戒指是一代代洛克王国国王传下来的宝物，其中蕴藏着神奇的力量。洛克王轻易不会取出它，除非他即将面临特殊的危险。

戴好了魔法戒指以后，洛克王又翻检了宝库里的其他东西，他披上一条适合旅行的魔法披风，穿上一双柔软耐磨的长靴，还带足了随身的武器，就此踏上了旅程。

洛克王在繁华的洛克王国里快步前进着，他没有在热闹喧嚷的市镇和广场上驻足，也没有在鬼斧神工的石油湖和斑岩洞穴中停留。他始终行色匆匆，遇到其他的小矮人询问他要去哪里，他也从不正面回答。是的，他要前往的地方就是荒僻而危险的海底漏斗。

由于海底漏斗处于洛克王国的边缘，要想去往那里，洛克王必须越过一座座陡峭险峻的高山，沿着断崖向下攀爬。那里距离火山口非常近，不少地方都有烈火烧焦过的痕迹，想要穿过滚滚浓烟下的火山口，需要付出常人无法想象的辛劳。然而洛克王的脚步始终坚定，他从来没有想过退却与放弃。

当他终于抵达那个遥远而偏僻的洞穴时，一切才刚刚开始。幽深的洞穴常年不见日光，洞穴顶端长出了一簇簇湿漉漉的水草，滴答滴答地落着水珠。潮湿和昏暗的环境滋生出了许许多多恐怖的生物，包括硕大的甲虫、挥舞着巨钳的海生螃蟹、丑陋的海蜘蛛等。最令人无法忍受的就是黏糊糊的章鱼，它们会散发出难闻的有毒气体，使人呕吐不止。这些生物全都埋伏在漆黑的角落里，每当有人经过，就会冲上去展开攻击。洞穴里常年弥漫着一股潮湿难闻的味道，没有人愿意深入其中。

但是，洛克王根本不惧怕这些困境。刚一踏进洞穴，他就觉得精神一振，滴滴答答的水滴声为他指明了正确的方向，那些虾兵蟹将感受到了他身上强大的魔法气息，纷纷缩紧了脑袋不敢冒头。只有愚蠢的老章鱼挥舞着触手迎了上去，被洛克王干净利落地斩掉了触手。

洛克王完全能够适应没有光照的环境，他在漆黑的洞穴里一步步走过去，阴冷的感觉越来越明显，似乎有什么可怕的东西正在黑暗中盯着他。是的，洞穴深处居住着许多身披铠甲的凶残怪物，在它们看来，洛克王就是一个闯入他们领地的外来者，因此他们毫不犹豫地向洛克王扬起了含有剧毒的尖刺和利爪。

洛克王在这些怪物的猛烈攻击中左躲右闪，灵巧异常。但是这里的怪物数量实在是太多了，他不得不纵身跳到了洞穴顶上，一边攀附着洞穴顶端的岩石向前挪动，一边继续和黑暗中的怪物搏斗。

就在洛克王感到精疲力竭的时候，他忽然在洞穴顶端摸到了一块凸起的石头，是的，这就是连接海底漏斗和地下洞穴的机关！洛克王催动魔戒上的神奇力量，同时毫不犹豫地扳动了这块石头，随着一声巨响，石头松动落地，一束光从洞穴顶端照了进来，洛克王深深地松了一口气。那些潜伏在洞穴深处的怪物们惧怕光照，已经逃得无影无踪了。洛克王从这道缝隙中攀爬了出去，一抬头，就看见囚牢角落里的乔治正睁大了眼睛，投来诧异的目光。

乔治从来没有见过小矮人，也没有听说过洛克王国相关的事情，他直愣愣地盯着这个神情严肃的小矮人，瞧了瞧他的披风和武器，又瞧了瞧他钻出来的那道岩石缝隙，不明白这是怎么一回事。

"你是谁？想要干什么？"乔治警惕地问，他本能地想要将宝剑横在面前，但是他的剑已经被水妖女王用魔法击碎了，他的手里只剩下一段残存的剑柄。

洛克王没有说话，他凝视着眼前的乔治，这个小伙子年纪很轻，身材挺拔，这就是蜜蜂的心上人吗？他心中涌起了酸涩的感觉。

"我并不认识你。"乔治皱着眉头说，"是水妖女王派你来杀我的吗？"

洛克王从沉思中回过神来，他摇了摇头："你虽然不认识我，但我早就已经听过你的名字了，乔治，我曾经因为你的存在而痛苦不已，但这并不是我伤害你的理由。我之所以来到海底漏斗，是为了救你。"

乔治一头雾水，他试图多问几句，但是洛克王已经不再理睬他了。洛克王环顾四周，说道："水妖女王随时都有可能发现我的到来，我们还是快走吧！"

说着，洛克王再一次钻进了岩石缝隙里，乔治没有犹豫，紧随其后钻了进去。

"实在是太感谢您了！"乔治对洛克王说，"您使我脱离了那个可怕的囚笼，我不知道该怎样报答您。您是否能告诉我，我们现在身处哪里呢？我想回到我的家乡克莱丽德王国，您知道该怎样走吗？我必须去寻找我的心上人，那就是克莱丽德王国的蜜蜂公主！"

"你说的这些我都知道。"洛克王面无表情地说，"不过，现在不是闲聊的时候。"

乔治有些窘迫，连忙闭紧了嘴巴，跟着洛克王穿梭在狭长幽深的地下洞穴之中。

由于洛克王已经事先清理了周围具有攻击性的生物，他们的回程并没有遇到很大阻碍。乔治满怀勇气，洛克王能力出众，他们顺利穿越了高温炽热的火山口，翻过了一座座险峻的山峰，最终回到了洛克王国的斑岩大厅附近。

这一路上，洛克王都没有和乔治多说什么，直到这个时候，他才停下脚步，冲着乔治微微点点头："要从这条路走过来并不容易，你是个勇敢的小伙子。现在，你就可以沿着这条石阶去往陆地了。等你走到石阶尽头的时候，那里的采石工人会为你指明接下来的方向，最多到天黑时分，你就能回到你的家乡克莱丽德王国了。去吧，好好地留在那里，永远也不要踏入洛克王国一步！"

乔治朝洛克王深深地鞠了一躬，郑重地说道："不，我一定会回来的！我会报答您的救命之恩，尊敬的先生。"

洛克王不愿意多看乔治一眼，他说："我之所以救你，是为了另一个人，所以我不需要你的感谢与报答。假如你愿意为我做些什么，那就请你永远也不要出现在我的面前了，否则，我们一定会成为敌人。"

乔治不明白洛克王为什么要这样说，他认为这位小矮人的脾气实在是非常古怪，只好说道："我会记住您的话，先生。再次感谢您带我离开了水妖女王的囚牢。"

乔治与洛克王告别，转身踏上了回乡的旅途。乔治的身影消失在石阶尽头，洛克王也转过身，走向洛克王宫。

就连洛克王也不得不承认，乔治是一个英俊、善良、满怀勇气的小伙子，但是，他自己又差在哪里呢？洛克王无论如何都想不明白，为什么蜜蜂倾心于乔治，却仅仅将自己看作朋友。

在返回洛克王宫的路上，洛克王路过了蜜蜂的小屋，他看见那个姑娘坐在窗边，全神贯注地绣着一幅面纱。洛克王的脚步停住了，他凝视着窗边的姑娘，满怀着说不出口的爱意。

就在这时，蜜蜂也注意到了窗外的洛克王，她推开窗子向他打招呼。

"你怎么到这里来了呢，洛克王？"蜜蜂问道，"你有什么话要对我说吗？"

"是的，亲爱的蜜蜂。"洛克王回应道，他沉默了许久，低声说道，"我希望你的所有愿望都能得到满足，我希望你永远都不会感到痛苦和悲伤。"

"谢谢你的好意，洛克王。"蜜蜂回答，洛克王微微点了点头，转身离开了。

18. 乔治回家

重新踏上了阔别已久的克莱丽德王国，乔治感到心潮澎湃，无法抑制自己激动的心情。有趣的是，他碰到的第一个人就是童年时的熟人——克莱丽德王后的御用裁缝。当他和蜜蜂还是孩子的时候，这位裁缝先生经常给他们裁衣服。当这位老人拿着一件大红色的城堡总管套装匆匆走过街道时，乔治一眼就认出了他，立刻三步并作两步迎了上去。当那位老人认出面前的乔治以后，不由得张大了嘴巴。

"我的老天爷啊，乔治王子！"他震惊地喊了起来，"真的是您吗，乔治王子？天哪，我们都以为您在六年前就被淹死了，怎么，您还活着吗？真的是您吗？"

乔治忍不住笑了，他走上前去，紧紧握住了老裁缝的双手，对他说："没错，是我，裁缝先生！我还活得好端端的，您瞧！我真是太想念您了，我记得我和蜜蜂小时候经常跑去您的布料店里，向您讨几块布给蜜蜂的洋娃娃做裙子！"

"是的，是的，您还记得小时候的事，您真的是乔治王子！"老裁缝喜极而泣，他哆嗦着抹去自己的眼泪，"您还记得我的小孙子艾尔吗？小时候他经常在布料店里乱跑，您还见过他呢！每当我带他上街，他最喜欢跑到街头张望，等着您、蜜蜂公主和王后的骏马经过街道。现在他已经是一个手艺出色的大小伙子了！"

"那真是太好了，我迫不及待想要见到他了。"乔治恳切地说。

老裁缝拉着乔治的手，将他上上下下打量个遍，哽咽着说："自从您消失在湖边，所有人都说您肯定已经淹死了，我们真是心痛万分啊！克莱丽德王国的每一个人都非常喜欢您，您既聪明又懂事，小小年纪就能为王后分担不少事，我们真不敢想象王后的心情！现在好了，现在好了，您总算回来了……"

"我也非常挂念王后，我真想立刻回到王宫看望她！"乔治急切地说。

"是啊，是啊，还有我的儿子，我一定要将您回来的消息告诉他！"老裁缝唠唠叨叨地说着，"您不知道，他也经常念叨您的名字呢。唉，我总是想起您小时候的模样，乔治王子，您还记得吗？那时候您专程来我的布料店里找我，想要一根针来给蜜蜂公主缝衣服，瞧，多么懂事的孩子啊！可是我担心您拿着针会扎伤自己，所以并没有同意，结果您一点儿也不生气，反而立刻想出了去森林里找松针的主意！唉，这些年来，我一想起这件事就难受，多么聪明可爱的孩子啊！怎么就失踪了呢？幸亏您现在回来了，太好了，我又能为您裁制衣服了！虽然我的手已经抖得很厉害了，但我孙子艾尔可以帮我的忙，也许他可以成为您的裁缝呢……"老裁缝一边说，一边又流下了眼泪。

乔治温和地安慰着老裁缝，给他递上手帕擦眼泪，等到他的情绪渐渐平复了，这才开口问道："先生，我有一件事情想问您。您知道，我已经离开克莱丽德王国整整六年了，六年以来，我对王后和公主的近况一无所知。您是否能将她们的情况对我说一说呢？这样我也好放心了。"

老裁缝愣住了，他露出几分难以置信的神色："怎么，您不知道蜜蜂公主在哪里吗？这些年来，蜜蜂公主从来都没有回过克莱丽德王国啊！有人说，她也跟您一样淹死在湖里了，也有人说，蜜蜂公主是被洛克王国的小矮人抢走了。我真没想到，您不知道她的近况！"

"什么？！"乔治闻言一下子怔住了，他完全不知道这一点，他一直以为蜜蜂好端端地生活在克莱丽德王国呢！

"是真的，您和蜜蜂公主在同一天消失，克莱丽德王国的阳光都黯淡了不少。据我猜测，蜜蜂公主应该是真的落在了小矮人们手里。唉，可怜的克莱丽德王后，她仿佛在几天之内老了好几岁！她病了很长时间，闭门不出，每天都派出许多士兵寻找您和蜜蜂公主。我照例进宫为她量尺寸裁衣服，发现她瘦了一圈儿！自从您和公主失踪以后，她就只穿黑色衣服了。有时候，我们会看到她独自一人在树林里散步，她的眼睛里一点儿光彩都没有，唉，那副模样可真是让人伤心！幸好王后从来没有失去希望，她坚信你们还活着，迟早有一天会回到克莱丽德王国的！"

听着老裁缝的描述，乔治心如刀割。王后遭受了怎样的痛苦呢？只怕是他无法想象的。老裁缝拍了拍他的肩膀，说道："来吧，我陪您一起去王宫，王后一定会感到非常欣慰的。"老裁缝一边走一边回忆着过去的事情，但是乔治满心都在挂念着王后和蜜蜂公主，已经一句话都听不进去了。

走着走着，乔治忽然脱口问道："蜜蜂被小矮人捉走的消息究竟是怎么传出来的？真的是这样吗？恰恰是一个小矮人将我从水下宫殿的监牢里救出来的，我想他们并不愿意和人类为敌，这到底是怎么回事呢？还有，有没有别人知道蜜蜂的消息？"

老裁缝回答道："想要知道这些问题的答案，您只能进宫去问王后了，乔治王子。蜜蜂公主被小矮人抓走的消息正是王后告诉我们的，但是奇怪的是，她没有亲眼看到，而是在睡梦中梦到的。自从蜜蜂公主失踪以后，王后经常会梦到她，和她说话，问她的近况。梦中的蜜蜂公主告诉王后，她目前所在的地方正是小矮人的王国，不过他们并没有伤害她。王后说，曾经有一天晚上她还亲眼看到公主回到了克莱丽德王国。唉，要不是有这些梦境作为支撑，只怕王后的身体早就垮了。真让人担心啊，如果蜜蜂公主真的被小矮人们抓走了……"

"就算是小矮人们抓走了蜜蜂，我想，我们一定能够和他们和平地谈一谈。"乔治说，"过去的一段时间，我都被水下王国的水妖女王囚禁在地牢里，幸亏有一个小矮人救了我，他们并不是不讲道理的野蛮人，只要好好协商，他们一定会同意将蜜蜂放回来的。"

"是啊，如果是这样就好了……"老裁缝喃喃地说。

他们肩并肩穿过一条条主干街道，往克莱丽德王宫的方向走去，不少行人都认出了乔治王子，既惊又喜地和他打着招呼。年轻的姑娘们纷纷簇拥到路边看他，一旦和乔治对视，就害羞地深深垂下头。当年的小男孩已经长成了一个年轻俊朗的男子了！姑娘们暗暗许下心愿，希望自己将来的丈夫也能像乔治王子这样仪表堂堂。他们纷纷将乔治王子回到克莱丽德王国的消息告诉自己的家人和朋友，很快就传遍了全城，就连闭门不出的王后也知道了这个消息。

王后激动得泪如雨下，她用颤抖的手脱下自己黑色的丧服，重新穿上华丽的礼服。当她蹒跚走到王宫门口的时候，正好看到了意气风发的乔治王子向她大步走来。宫墙上成群的鸟儿啁啾高唱，仿佛也在欢聚一堂，迎接乔治王子回到家乡。王后呆呆地站在那里，凝视着自己久别的孩子，尽管她一遍遍地做着深呼吸，可是喜悦的浪花依然淹没了她，王后无法抑制自己的情绪，当场昏了过去。

19. 蜜蜂的下落

自从乔治回到克莱丽德王国，他时时刻刻都在思念蜜蜂。他迫切地向人们了解有关洛克王国的事情，想从中得知蜜蜂的现状。但是，就算是克莱丽德王后也说不出更多的信息，尽管她能从梦中看到蜜蜂，却看不到洛克王国的其他情况。

乔治连一分钟都忍耐不了了，他急匆匆地找到克莱丽德王后，对她说："不行，我必须动身去寻找蜜蜂公主！再在这里等下去，我一定会发疯的！"

他的决心感动了克莱丽德王后，王后紧紧地攥着他的手，泪如雨下，嘱咐他一定要确保自己的安全。

碰巧的是，乔治童年时的老师和朋友弗雷哈特回到了克莱丽德王宫里，主动提出愿意帮助乔治寻找蜜蜂公主。六年前，弗雷哈特遭受乔治的其他老师打压，被王后派遣去了罗马，好在他一切平安，早就已经办完了王后交代的工作。针对蜜蜂被小矮人掳走的事件，弗雷哈特也提出了自己的意见，他说：“我们首先应当向市民们问问有关洛克王国的事情。要说这些稀奇古怪的故事，他们远比我们知道得多。”

乔治采纳了他的建议，他亲自上街找市民们打听与小矮人相关的事情。在克莱丽德王国，有关小矮人的传说流传已久，不少市民都能讲一讲他们的来历、生活习惯和居住环境。乔治一心惦记着蜜蜂，总是会向市民们再问问有关蜜蜂的消息。碰巧有个市民告诉他，曾经从老女佣克劳斯那里听到过有关蜜蜂公主和小矮人的事。一听到这话，乔治就迫不及待地问清了克劳斯的住址，动身去寻找她了。

克劳斯是一位在克莱丽德王宫里工作了很长时间的女佣，在克莱丽德王后刚出生的时候，克劳斯就是她的奶娘了。她年老以后就离开了王宫，独自经营着一座农场，养一些小鸡、小鸭，过着平静的生活。

乔治和弗雷哈特赶到克劳斯的农场门口时，正好看到她在给小鸡喂食，黄茸茸的小鸡簇拥在她身边，唧唧地叫着。

“哦！乔治王子，是您！”克劳斯抬起头来，立刻认出了面前的乔治，她感到又惊又喜，连忙放下了手中的谷物，迎了上去，“我都多少年没见到过您啦？您已经长成个大小伙子了！真好，真好，王后该有多高兴啊！您为什么忽然来看望我呢，乔治王子？”

“我非常想念您，克劳斯！”乔治亲热地说，他紧紧拥抱了克劳斯，“您身体怎么样？在这里住得还好吗？”

“当然，我好得很呢！快坐下，王子殿下，我们好好地说说话！”

克劳斯将乔治和弗雷哈特请进房间里，一边给他们倒上两杯麦芽酒，一边唠唠叨叨地说着过去的事情。乔治接过了酒杯，却无心喝酒，他着急地问道："亲爱的克劳斯，我们之所以来找您，是因为听说您知道蜜蜂被小矮人抓走的详细情况。您能将其中的细节告诉我吗？您知道，我非常挂念蜜蜂！"

克劳斯的笑容僵住了，她结结巴巴地说："什么，什么小矮人？我可不知道呀。我早就是个乡下老太太了，平时连门都不出，这些事情我怎么会知道呢？别的不说，我的记性可真是糟透啦！有时候我手里拿着鸡蛋，却满屋找鸡蛋，哎呀，这些事情说起来可真是……"

"当我们向市民询问有关蜜蜂公主的事情时，他们明明白白地说，您的丈夫亲眼看见小矮人抢走了蜜蜂！"乔治斩钉截铁地说，"请您把这件事的详细情况告诉我吧，我必须知道这一切！"

"唉……"克劳斯长长地叹了一口气，"王子殿下，您不知道我丈夫是一个什么样的人，他经常混迹在酒馆和客栈里，跟一些不三不四的人待在一起，他哪里会说什么正经话呢？更何况，他早就已经去世啦。您所说的那件事，他倒是曾经对我说过，可我的记性简直太差了，已经记不得其中的细节了。我虽然很想帮您，但是实在是无能为力……"

"克劳斯，不管怎么样，请您将您所知道的一切都告诉我吧！"乔治紧紧地拉着她的手，"您看着王后长大，又看着我和蜜蜂长大，您一定将我们看作自己的孩子，难道不是吗？您知不知道，王后的头发已经花白了一大半？这都是因为她太过挂念蜜蜂的缘故！至于蜜蜂，她是一个多么活泼可爱的姑娘啊！难道您忍心让她一直流落在小矮人的王国里，永远无法返回家乡吗？"

克劳斯久久地沉默了。她是一个善良的老人，更何况，蜜蜂也是她非常喜欢的孩子。她犹豫了片刻，慢慢地端起麦芽酒啜了一口，再次叹了一口气。

"亲爱的乔治殿下，"她说，"您能够平安回到克莱丽德王国，我们所有人都非常高兴。我知道，您一心想要闯进洛克王国，救出蜜蜂公主，但是我必须告诉您，这不是一件容易的事情……"

克劳斯又喝了一口酒，正式讲起了她所知道的故事："六年前的一天，正好是贩马的日子，我丈夫赶着自己家的马去集市上贩卖。我们家的马比别人家的好得多，那是因为马每天清早吃的燕麦饲料都提前泡过苹果酒，所以这些马都长得高大挺拔。短短半天的工夫，我丈夫就卖掉了马，还赚了一大笔钱。他心情很好，决定去不远处的小酒馆里喝一杯——话是这样说，可我知道他这一去，非得喝得酩酊大醉不可。果然，等他走出小酒馆的时候，天已经快要黑了。他踉踉跄跄地往家的方向走，无意间看到了灌木丛里露出了一个不起眼的洞口，一群小矮人正抬着一副担架往洞口里钻，我丈夫一眼看见，那副担架上坐着位长头发的小姑娘！要知道，大家虽然都说王国边境有小矮人出没，可是谁都没有见过，万一小矮人会攻击人怎么办？我丈夫吓了一跳，转身就想跑，一不小心踩到了石头上的苔藓，险些滑了一跤，怀里的烟袋掉在了地上。灌木丛里黑乎乎的，我丈夫蹲在地上找烟袋的时候，无意中找到了一只磨坏了的小缎子鞋。只有小姑娘才会穿这样的鞋，我丈夫由此确定，那个担架上的女孩儿一定是克莱丽德王国的姑娘！他拿起了缎子鞋，想要问问周围的人家有没有丢了孩子，没想到那几个小矮人始终注意着他的动向，他刚捡起鞋子，那些小矮人就猛冲过来将他痛打一顿，还把缎子鞋抢走了。最后，小矮人逼着我丈夫赌咒发誓，永远不能将这件事说出去。后来我们才知道，原来就在那一天，您和蜜蜂公主同时失踪了。所以我丈夫猜测，那个被小矮人掳走的姑娘就是公主！"

"没错，没错，一定就是蜜蜂！"乔治激动得热泪盈眶，他的双手微微发抖，"我们离开城堡的时候，蜜蜂就穿着一双缎子鞋，等我们走到湖边的时候，她的鞋已经磨破了！肯定就是她！克劳斯，请您告诉我，您丈夫究竟在哪里见到了她？那片灌木丛在哪里？那个洞穴呢？"

克劳斯郑重其事地说："殿下，我必须提醒您，您可不要试图去找小矮人！他们非常野蛮，会主动攻击人，万一您和他们起了冲突，后果不堪设想。我之所以说出这件事，是因为不忍心看着王后和您太过于痛苦，但是如果您要做些鲁莽的事情，我就绝不会同意了！"

但是乔治已经下定了决心，只要一天不找到蜜蜂，他就一天不会放弃。他还想向克劳斯追问更多的细节，但是弗雷哈特悄悄地拽了拽他的袖子，抢先说道："谢谢您告诉我们的一切，克劳斯，请放心，我不会让乔治殿下做傻事的。"

说完，他一口喝完了桌上的酒，就拉着乔治告辞了。

"你这是要做什么呀，弗雷哈特？"被弗雷哈特拉出门以后，乔治不满地说，"难道你也要阻拦我吗？告诉你吧，那是不可能的，我非要问出通往洛克王国的洞穴在哪里！"

"让我来告诉您吧，殿下。"弗雷哈特笑着说，"那个洞穴名叫'矮人之洞'，对它的方位，我可算是再清楚不过了。如果您决定要去，就跟着我来吧！"

20. 地下重逢

克莱丽德王国的每个人都很挂念他们的蜜蜂公主，但是乔治知道，如果自己将前往洛克王国营救蜜蜂的计划说出来，一定会遭到一些人的反对。这是因为不少人都暗暗惧怕小矮人，在传闻中，这种古怪的生物有着强大的魔法和蛮横的性格，万一和他们结了仇，小矮人们大举进攻克莱丽德王国，那时候可怎么办呢？

因此，乔治并没有将自己的计划说出来，他和弗雷哈特悄悄商定了所有的事情，这才从克劳斯农场动身回到了克莱丽德王宫。乔治甚至没有向克莱丽德王后提及此事，他们和往常一样吃晚餐、散步、沐浴更衣，回卧室休息。直到黑夜笼罩了大地，城堡里的所有人都沉入酣梦以后，乔治和弗雷哈特才悄悄走出了各自的房间，走向城堡地下的武器仓库。

近十几年来，克莱丽德王国的子民们都生活在和平之中，战火硝烟没有再次燃上这片土地。因此，城堡地下的武器仓库已经有很多年没有打开过了，所有的兵器表面都积着一层厚厚的灰尘。

锐利的长矛、长剑、短剑、猎刀和匕首都整齐地放置在武器架上，泛着淡淡的光芒，对面的墙壁上则挂着一排各式各样的盔甲和盾牌。

放眼望去，仓库里的武器和装备足够武装一整支军队，它们沉默而忠实地沉睡在地下，守护着克莱丽德王国。只需要一声号令，它们随时能够陪伴着英勇的士兵们上阵杀敌。

乔治翻检了所有的盔甲，最终选中了一身沉重而结实的银色盔甲，它曾经属于蜜蜂的父亲，是老国王最忠实的"战友"。乔治轻轻抚摸着盾牌上镌刻的金色太阳花纹，他知道，这种花纹是克莱丽德王国的象征。他喃喃地说："国王陛下，如果您在天有灵，就请帮助我从小矮人手中救出蜜蜂吧！"

弗雷哈特也选中了自己要穿的盔甲，那是一身明亮而轻巧的铠甲，头盔上还斜斜地插着一根羽毛作为装饰，显得活泼风趣。这是弗雷哈特家族世代相传的一套盔甲，弗雷哈特常说，乐观开朗正是他们家族最看重的品格。

选定了盔甲以后，他们又各自挑选了趁手的武器，随后就踏上了前往洛克王国的征程。

在柔和月色的照耀下，他们离开城堡，穿过田野，走到树林的边缘。弗雷哈特已经提前安排了士兵在这里接应，士兵们为他们准备好了骏马，乔治翻身跨上其中一匹马，弗雷哈特为他指引方向，骏马四蹄飞驰，载着两个人冲向了密林中的"矮人之洞"。

"矮人之洞"深藏在灌木丛中，弗雷哈特当先跳下马来，一只手拨开了茂盛的灌木丛，另一只手抽出了自己的长剑，小心翼翼地往里走去，乔治紧紧跟在他身后，警惕地注意着周围的动静。走了几步路以后，弗雷哈特拨开地上的枯枝，果然发现了一个不起眼的狭窄洞口。

洞口里没有一点儿光线，黑黢黢的，十分安静。乔治担心点燃火把会引起小矮人们的注意，他深吸一口气，摸黑走进了洞穴里。尽管周围的环境危机四伏，令人感到不安，但是只要他想起蜜蜂，所有的紧张情绪就消散干净了。而弗雷哈特呢，他忠于乔治王子，因此他不惧怕任何艰难险阻。

地道里非常昏暗，好在角落里并没有什么东西要伺机伤害他们，乔治和弗雷哈特屏住了呼吸，越走越深。大约前行了一个小时以后，地道里仍然没有任何动静，就在乔治感到有些不耐烦的时候，一束光忽然从地道尽头照了过来！乔治和弗雷哈特下意识伸手在眼睛前面遮了遮，他们发现，在不知不觉中，他们已经走出了地道，走到了一座古堡的地基上，沿着面前的路继续向前走，就走到了古堡门口！

古堡周围没有一个人，乔治和弗雷哈特交换了一个眼神，都从对方的眼睛里看到了坚决的神色。乔治走上前去，用剑柄重重地敲了两下门，几乎在同一时刻，不远处传来了细小的尖叫声："喂！快住手！你们要干什么？！"

乔治循着声音看了过去，原来，城堡门口的守卫房门前站着一个不起眼的白胡子小矮人，他的年纪已经相当大了，佝偻着腰背，不满地盯着他们看。

"我是乔治王子，这是我的随从弗雷哈特，我们来自克莱丽德王国。"乔治昂起了头，不卑不亢地说。

"我们这里不欢迎人类。"小矮人尖声说道，"你们为什么要到这里来？"

"你们抓走了我们国家的蜜蜂公主，我们是来救她的！"乔治气愤地说，"你们凭什么将她囚禁在这里，不允许她和家人见面，还反复折磨她？！"

面前的小矮人脸色一沉，他什么都没有说，转身走回了房间里，砰的一声关上了房门。

乔治气得浑身发抖，他用力地捶门、踹门，大喊道："坏家伙们！你们这些可恨的小矮人！你们不仅抓走了蜜蜂，还敢这样无礼地对待我！出来啊，我们堂堂正正地打一场，如果我赢了，你们就要释放蜜蜂！"

"别再喊了，殿下！"弗雷哈特叫住了乔治，将他从门边拉开。多年的漂泊和磨砺使弗雷哈特学到了不少东西，他知道，面对不友好的小矮人，他们必须更加冷静："发泄情绪是没用的，让我们再想想其他办法吧。"

弗雷哈特话音刚落，他们面前的那两扇铜质大门却徐徐打开了。乔治和弗雷哈特对视一眼，他们都意识到，打开城门的小矮人不怀好意，但他们并不惧怕。乔治昂首阔步地走在最前方，一进城门，只见全副武装的小矮人士兵们已经将手中的弓箭对准了他。街道两边、走廊上、窗户底下、石头后面、房梁上，甚至在烟囱和吊灯上，到处都是面无表情的小矮人士兵，他们早就做好了准备，就等乔治和弗雷哈特出现。

身后的铜质大门缓缓闭合，将他们的退路彻底阻断，所有的小矮人士兵齐刷刷地发动了攻击。锐利的羽箭铺天盖地地向他们飞了过来，乔治和弗雷哈特不约而同地举起盾牌，挥舞长剑，拨打着周围的羽箭，同时向着小矮人战线发起冲击，他们的目标就是远处那座金碧辉煌的王宫。乔治和弗雷哈特的战斗能力都是数一数二的，尽管被小矮人们包围得里三层外三层，却仍无法阻挡他们的脚步。那些射来的羽箭要么被盾牌阻隔在外，要么被长剑斩断箭杆，根本无法伤害这两个人。乔治和弗雷哈特一步步向前，最终冲到了洛克王国的王宫前。

乔治纵身跳上了王宫前的台阶，就在这一刻，小矮人士兵们的攻击突然停止了。乔治愣了一下，他从盾牌后抬起头来，这才发现最高的台阶上不知什么时候出现了一个面容威严、头戴王冠的小矮人。他一下子就认出来了，正是这个小矮人将他从水妖宫殿的牢狱里救出来的！

乔治觉得心里滚烫滚烫的，他张了张口，却说不出话来，他能对这位小矮人说什么呢？他的眼泪涌了出来，他深吸一口气，收起了长剑和盾牌，向着他深深地鞠了一躬，说："我依然牢记着您的恩情，先生！可是，我为什么会在这里见到您呢？我是为了营救克莱丽德王国的蜜蜂公主而来的，难道，您也和这件事有牵扯吗？唉！这一切真是令我心痛，我怎么也不愿意相信！"

"没错，这件事是我做的。"乔治面前的小矮人——洛克王用低沉的声音回应道，"我就是洛克王国的国王，是我请蜜蜂公主前来做客的。至于你，乔治，我明明要求你不要再次踏入洛克王国，你为什么言而无信？"

"请您原谅，我有不得不来的原因。"乔治诚恳而坚决地说，"为了营救蜜蜂，我可以付出任何代价。如果是您抓走了她，那么我必须将您视为我的敌人。"

洛克王凝视了他一会儿，轻轻地摇了摇头："蜜蜂是我们的客人，我们对她非常敬重，愿意将我们所知道的大自然奥秘全部分享给她。我保证，蜜蜂得到了公主般的优待。但是……"

洛克王沉默了片刻，又说："你和你的随从用野蛮的方式冲进了洛克王国，按照我们的法律，我应当将你们处以死刑，但我知道，你所做的一切都是为了蜜蜂，因此我能够理解你。你要知道的是，我们的力量比你们人类强悍太多了，但是我们并不愿意恃强凌弱。现在，我会请蜜蜂出来，听一听她的想法，如果她愿意跟着你一起离开洛克王国，那么我也没有什么好说的。"

对乔治和弗雷哈特来说，这简直是一个绝处逢生的好消息，他们同时松了一口气，向着洛克王连连道谢。但是洛克王依然沉着一张脸，没有对他们的致谢做出半点儿回应。

两三个小矮人匆匆离开去找蜜蜂了，不一会儿，脚步声响起，乔治连忙看了过去。真的是蜜蜂！她身穿白裙，金灿灿的鬈发披在肩头，娇嫩的脸庞仿佛是一朵春日盛开的花儿。当她看见乔治的一刹那，她怔怔地站住了，她简直不敢相信眼前的一切都是真的！她的眼泪夺眶而出，立即不顾一切地飞奔过来，投进了乔治的怀抱里。

"蜜蜂！蜜蜂！我深爱的人啊，我太思念你了……"乔治紧紧地抱着怀里的女孩，禁不住落下了眼泪，两个年轻人彼此相拥，喃喃地讲述着自己的心情。他们说出了自己在这六年中的经历，诉说着对对方的思念之情。尽管分别了这么长时间，他们却没有一丝一毫的疏离。

就连在一旁看着的弗雷哈特都落泪了，他为这两个人的经历唏嘘不已，如今的幸福实在是难能可贵。

然而，看到这一幕的洛克王却没有一丁点儿开心的感觉。他凝视了一会儿喜极而泣的蜜蜂，这才低声问道："蜜蜂，你确定他就是你的心上人吗？"

洛克王的问话将乔治和蜜蜂从喜悦中拉回了现实。蜜蜂转过身，擦了擦自己幸福的泪水，这才说道："是的，洛克王，我非常确定，他就是我童年时的玩伴乔治，同时也是我深爱着的人。这段时间以来，我无时无刻不在思念他，盼望能够再次见到他。现在，我的愿望终于实现了！"

乔治仍然紧紧地拉着蜜蜂的手，他说："我经历了千辛万苦才终于找到你，亲爱的蜜蜂，我向你发誓，再也没有什么能将我们分开了！"

"蜜蜂……"洛克王再次唤起她的名字，他的神情萎靡，悲伤不已，似乎耗尽了浑身上下所有的力量，才说出接下来的这句话，"那么，你是否想跟他一起离开洛克王国呢？"

蜜蜂愣住了，她眼中的欣喜光彩渐渐消散，转为了内疚与难过，她看了看乔治，又看了看洛克王，犹豫着不知该说什么好。看到此情此景，乔治也明白了，原来洛克王深爱着蜜蜂，他所做的一切都是为了她。

"让我告诉你一件事吧，蜜蜂。"乔治攥着蜜蜂的手，郑重地说，"这六年来，我一直被水妖困在水下王国，最后更是被水妖女王关进了地底最深的监牢，要不是洛克王赶来救我，只怕我一辈子都无法离开那里。他是我的救命恩人，我永远铭记着这一点。我相信，他是一位善良正直的先生，你住在洛克王国的这段时间，他一定也对你非常好，是不是？如果你不知道该如何选择，完全可以说出来，尽管我很想将你带回克莱丽德王国，但我会尊重你的决定。"

听了乔治的一番话，蜜蜂忍不住泪如雨下，在此之前，她从来不知道洛克王营救了乔治的事情！她流着泪说："我真不知道我该怎样感谢您，洛克王！您冒险去救乔治完全是为了我，您为我做了这么多事情，可我……"

她说不下去了，周围的小矮人们都禁不住哭了起来。乔治陪在蜜蜂身边，轻声安抚着她的情绪。他明白，现在最痛苦的人就是蜜蜂了。一方面，她也想回到久别的家乡；另一方面，她又不愿意无情地离开洛克王。

蜜蜂再一次投入了乔治的怀抱，她哽咽着说："我真心地爱着你，乔治！可是我有太多对不起洛克王的地方了，我不知道该怎么办……"

弗雷哈特张了张嘴，仿佛想说些什么，但是乔治摇头示意他不要再说了。洛克王沉着脸，喜怒难辨，听了蜜蜂的一番话，他面无表情地说："既然你无法决定，那就听我的吧。照我看，你们都留在这里，永远也不要踏出洛克王国一步！"

说完，洛克王头也不回地离开了，周围那些手持武器的小矮人士兵涌了上来，包围了乔治、蜜蜂和弗雷哈特，小矮人们缴了他们的武器，强行带走了蜜蜂，将乔治和弗雷哈特关进了一间装饰华丽的屋子里，他们就此失去了自由。

21. 告别矮人国

乔治和弗雷哈特原本以为，他们自此就将沦为洛克王的囚犯，就算洛克王不杀他们，他们也不可能有好日子过，万万没想到的是，看守他们的小矮人非常尊重他们，连所谓的"囚牢"也布置得精致舒适，小矮人守卫每天都会来询问他们有什么需求，并且为他们准备可口的食物和华丽的衣饰。

乔治和弗雷哈特面面相觑，都不明白洛克王想要做什么。他剥夺了他们的自由，可是照目前的情形来看，他又不打算为难他们。商量之后，两个人决定暂不反抗，看看小矮人们接下来有什么打算。

次日一早，小矮人守卫将乔治和弗雷哈特带到了一个金碧辉煌的宴会厅中，洛克王坐在高高的大厅尽头的宝座上，他的臣子们分列两侧，不少人都身披盔甲、手持武器，大厅中央挤挤挨挨地站满了小矮人，他们都穿着华丽的节日盛装，满怀期待地看着他们的国王。

乔治和弗雷哈特被小矮人守卫严密地看管着，不允许他们挣脱束缚开口说话。就在乔治感到浑身不自在的时候，洛克王从他的宝座上站了起来。叮的一声，他敲响了手中的金杯，小矮人们欢呼起来，他们纷纷涌到了洛克王的宝座前，等待着他开口致辞。

洛克王威严地环顾四周，他举起了手中的金杯，高声说道："我的朋友们，我们之所以聚集在此，是因为我们都深爱着洛克王国的蜜蜂公主。六年之前，她离开了她的家乡克莱丽德王国，踏上了我们的土地，她的温柔、乐观、善良和友好吸引了我们，我们毫无保留地接纳了她，希望她可以成为我们的朋友和家人，共同生活在美好的洛克王国。但是，就在昨天，蜜蜂的恋人乔治王子找来了这里，他希望能带着蜜蜂回到克莱丽德王国。我们应该如何做呢？作为国王，我当然可以用武力强行留下蜜蜂，可我认为，只有可怜的胆小鬼才会做出这样的选择。我深明大义的子民们啊，我相信你们会和我有着同样的想法。所以，在今天的宴会上，我要为蜜蜂公主和乔治王子正式举办订婚典礼，同时为蜜蜂送行，愿她能够顺利回到克莱丽德的土地上！"

是的，洛克王根本没有为难乔治的意思，之前所说的话并不是他的真实想法。所有在场的小矮人都欢呼起来，乔治也被深深感动了，他快步走到洛克王的宝座前，向他深深地鞠了一躬，亲吻着他的手背，向他反复道谢。小矮人皮克和保罗带着盛装的蜜蜂公主出现了，只见蜜蜂公主身穿洁白的婚纱，头戴王冠，圣洁而美丽。

洛克王走向了不远处的蜜蜂，深情地对她说道："亲爱的蜜蜂，你知道我深爱着你，你知道我永远将你的幸福放在第一位。因此，我衷心祝愿你和乔治能够永结同好！现在，我就是你们订婚典礼的见证人了，请你们将手交给我吧！"

蜜蜂热泪盈眶，洛克王拉着她的手，轻轻放在了乔治的掌心里，这一对年轻人都含泪笑了起来，向洛克王再次道谢。

小矮人守卫抬上来了整整一箱金银珠宝，洛克王笑着说："收下这些礼物吧，我的朋友们，这是我们真诚的心意，请你们千万不要推辞。将来，等你们再次看到这些礼物，或许能够想起在洛克王国生活的经历，对我们而言，这就足够了。"

蜜蜂和乔治谢过了洛克王的好意，收下了这份礼物。洛克王又转向周围的小矮人臣民们，郑重地说："我亲爱的子民们，你们一定要明白，爱情是世间最伟大、最坚固的情感。但是爱情也是需要我们用心去经营的，我们需要对另一半有更多的信任、宽容与理解，互相沟通，彼此接纳，这样才能维持好一段感情。也许你们目前还没有尝过爱情的滋味，但你们迟早都会明白的。保持善良、不忘初心、意志坚定，这才是克服一切艰难险阻的唯一道路，才能与你们的爱人相互扶持，走完这段人生道路啊。从今往后，当你们在感情生活中遭受磨难的时候，就想一想乔治和蜜蜂，将他们作为榜样吧！现在，让我们一起为这对克服了无数磨难的恋人鼓掌，祝福他们来之不易的爱情吧！"

随着洛克王的话音落下，小矮人乐队奏起了欢快动听的音乐，所有小矮人都欢呼着鼓掌，他们互相碰杯庆祝，拉着乔治和蜜蜂一起跑进了舞池，载歌载舞，尽情欢庆。在洛克王国，没有一个小矮人不喜欢他们的蜜蜂公主，蜜蜂终于得到了幸福，所有人都替她高兴，但是一旦想到蜜蜂从此以后就要离开洛克王国，小矮人们就不由得黯然神伤。蜜蜂逐一拥抱了皮克、保罗等一群小矮人朋友，他们紧紧地攥着对方的手，反复约定着下次见面的日期。乔治和弗雷哈特被这一幕深深地打动了。

当蜜蜂和小矮人朋友们告别结束以后，她走到了洛克王的面前。洛克王从怀中取出一个小小的戒指盒，打开盒子，里面安然放着一枚光彩夺目的魔法戒指。乔治很快认出，洛克王当时就是戴着这枚魔法戒指，前去水下王宫营救他的。洛克王将这枚珍贵的戒指递给蜜蜂，对她说道："这是我送给你的新婚礼物，蜜蜂，请你收下它吧。只要拥有了这枚戒指，你和乔治就可以在任何时间顺利造访洛克王国。一旦你们将来遇到了什么困难，只需要将戒指转动三次，我就会收到消息，前去帮助你们了。请记住，洛克王国的小矮人们永远是你忠诚的朋友。等你回到克莱丽德王国以后，也请告诉那里的人，小矮人并不是凶残狡猾的邪恶生物，恰恰相反，我们热情、正直、好学、富有同情心。你在洛克王国生活了这么久，一定明白我们的本性吧！"

"当然，亲爱的洛克王。"蜜蜂接过戒指，紧紧地拥抱了洛克王，向他深情地道谢，"我会永远记得您为我们做的一切！请放心，我们一定会告诉克莱丽德王国的子民们，他们先前的想法都是刻板的偏见，洛克王国的小矮人们聪明、善良。我相信，他们都会改变看法的！"

乔治说道："但愿从今以后，我们之间再也不会发生争端，永远和平互助！"

话音刚落，宴会达到了高潮，璀璨的灯火映照着每一张欢笑的脸庞。

小矮人们身着节日的盛装，他们的笑声像是山间清泉，纯净而悦耳。

乔治与蜜蜂在这欢快的旋律中旋转、跳跃，他们的舞步轻盈而和谐，仿佛是古老森林中的精灵，与自然共舞。洛克王站在不远处，脸上挂着慈祥而欣慰的笑容，他的目光在乔治与蜜蜂身上停留良久，随后又环视四周，满意地看着眼前这一幕其乐融融的景象。

宴会结束后的第二天，乔治、蜜蜂还有弗雷哈特告别了洛克王国的朋友们，带着对和平的期盼返回了克莱丽德王国。乔治一路上都在分享他在洛克王国的经历，讲述小矮人的热情和洛克王的智慧，这些故事慢慢在人群中传开。

不久，克莱丽德王国和其他人类领地开始尝试与洛克王国建立联系，派遣使者交流，学习对方的文化和技艺。贸易路线开通了，不仅商品流通起来，思想和文化也开始交流融合。以往的误会和争执逐渐减少，大家发现合作远比冲突更能带来繁荣。

年复一年，两个种族的孩子在同一片天空下成长，学会了欣赏彼此的不同。节日里，他们会一起庆祝，分享快乐，那些古老的敌意仿佛已被时间遗忘。乔治王子和蜜蜂公主的名字也许不再被每个人提起，但他们促成的和平却深深植根于这片土地上，成为后代口中传颂的佳话。

第二部分

法朗士散文集

1. 罗歇尔的马

罗歇尔为他那匹漂亮的骏马感到非常自豪，那匹马通体栗红色，皮毛柔顺，精神抖擞，是一匹相当神气的马。在此之前，它属于罗歇尔的朋友，这位朋友说，这匹马是他们友情的见证者，因此他将马赠送给了罗歇尔。这实在是一份非常贵重而有意义的礼物了，所以罗歇尔很看重这匹马。

其实，这匹马的年纪已经不小了，它年轻时曾经在军队中服役，身上留下了大大小小好几处伤疤，尾巴和耳朵也早已残缺。它的鬃毛凌乱无比，永远也没办法打理整齐，更令人遗憾的是，它并不是一匹真正的马——而是一匹不会动，不会发出嘶鸣声的木马。

尽管如此，这匹木马依然是罗歇尔最心爱的宝贝。罗歇尔走到哪里都会带着这匹木马。当他在森林里、农场里、花园里组织野餐聚会的时候，还会请他的朋友们来骑一骑这匹木马呢。这匹木马简直成了一个最受欢迎的小明星，罗歇尔所有的朋友见了它都会眉开眼笑。罗歇尔非常用心地照顾这匹木马，不仅每天都将它擦洗得一尘不染，还打算自己动手制作一条木头尾巴，弥补它身体的缺陷呢！

当罗歇尔骑在这匹木马上的时候，他总是会陷入遐想之中。在罗歇尔的世界里，有时候他是一位身披戎装的小将军，披荆斩棘，厮杀疆场；有时候，他又会骑着骏马奔驰在家乡的街道上，一旦看到了恃强凌弱的恶霸，他就会及时出手，主持公道。

尽管有的人会嘲笑罗歇尔道："只不过是骑着一匹破破烂烂的玩具木马，真的把它当成一匹真马了！"但是在罗歇尔看来，他的小木马和一匹真正的骏马没什么两样。当他骑在木马上时，他就驰过了祖国的名山大川；驰过了平原与山丘；驰过了森林与田野。当他骑在这匹木马上的时候，他可以去往任何一个想去的地方。对罗歇尔来说，这匹木马是他的战友，是他最忠诚的伙伴，也是他梦想的见证者。

你是否也有着这样一个伙伴、这样一个沉甸甸的梦想呢？它也许不被人们肯定，也许经常受到嘲笑。但是只需要你坚信着它，热爱着它，就能从中挖掘数不尽的快乐与力量，我相信，你一定能够坚持到最后。罗歇尔的梦想是成为一名数一数二的骑士，那么，你的梦想又是什么呢？

瞧，罗歇尔的好朋友送给了他一匹威风凛凛的骏马，我也很想送给你两匹马。它们一黑一白，有着截然不同的外表和性格，黑马名叫"勇敢"，它坚定果决，一往无前。白马名叫"善良"，它温和体贴，善解人意。在这两匹马的陪伴下，我相信你的追梦之旅一定会畅通无阻，即使在路上遇到了艰难险阻，你也一定能够顺利克服它们，走上光辉灿烂的人生道路！

2. 艺术家

米歇尔从小就有一个艺术梦，准确来说，是一个与绘画有关的艺术梦，他做梦都想成为一名出众的画家，像他的父亲一样。是的，在米歇尔的成长过程中，他父亲对他产生了不可忽视的影响。当米歇尔还是个小孩子的时候，他就时时刻刻跟在父亲身边，看他在画纸上涂抹油彩，信笔画出广袤的大地、浩瀚的江海与璀璨动人的晚霞。除此之外，米歇尔的父亲还很擅长画人物肖像。不过，米歇尔并不关心那些，他最喜欢的动物是马，因此他一心想要画出一幅骏马奔腾图。

画马可真不是一件容易的事！米歇尔一次次地尝试，一次次地失败，画出来的总是一个四不像的古怪东西。有时候像是一只长着马尾巴的鸵鸟；有时候是四条腿的猩猩。没错，绘画这件事虽然乍看起来挺简单，可是里头的学问多着呢！不过，米歇尔一门心思想要做一个小画家，他一点儿都不觉得气馁。他每天都花费大量时间练笔写生，从黎明破晓一直画到深夜时分，不知不觉，一整天已经过去了，他还没画够呢！米歇尔的确能从绘画这件事中找到无穷的乐趣，他从来都不喊苦、不喊累。他知道，当他手持画笔，涂抹下花花绿绿的缤纷色彩时，他就是一个当之无愧的小画家。

米歇尔锲而不舍地努力着，人们很快就发现，他的水平有了显著提高。你不相信吗？那就让我们一起来看看他的新画吧！

这幅画的主人公是一位衣冠整齐的绅士，他手持一根长长的手杖，正在海滩上散步呢。画纸的尽头是翻涌的海浪，零星飘荡着的几只小船，绅士正站在一棵大树的树荫下，凝目看向大海。其实，只需要仔细看看，还是能看出这幅画里的不少瑕疵。比如，绅士的手臂为什么从胸口伸出来？他的身高为什么和身边那棵树差不多？难道他能够一抬头就碰到树叶，一伸手就抓到远处的小船吗？这当然都是不可能的。不过，我们还是应该对米歇尔的进步表示肯定。想想以前那些四不像的马吧，米歇尔已经画得好多啦！

就算是世界上最伟大的画家，也不是从刚出生就会画画的吧？他们也经历了一次次的练习，跨越了一次次失败啊！

而今天，当米歇尔握上画笔的那一刻，他就萌生了一个勇敢的念头，他要画出一幅更宏大、更了不起的画——不仅要画出人物、背景，还要添上点儿别的装饰。是的，米歇尔决心画上一架漂亮的大风车！

说干就干，在一整天的潜心绘画以后，米歇尔已经基本完成了。在金灿灿的田埂旁边，一个小女孩坐在草地上，风车静静地伫立着，仿佛只需要一阵风吹过，它就能吱吱呀呀地摇晃起来。米歇尔心满意足地欣赏着自己的作品，他这幅作品无可挑剔，他绝对算得上是一位小小的艺术家！

米歇尔练习画画非常刻苦，可是真正能拿得出手的作品却不多，你要问原因？嗨，还不是因为那只调皮捣蛋的小猫咪！它非常黏人，总是喜欢缠着米歇尔，要他陪它玩毛线球、陪它打打闹闹。但米歇尔每次集中起精神画画，就会忘记周围的所有人、所有事，就连小猫咪也不例外。所以，小猫咪总是会趁着米歇尔不在的时候跳上他的桌子，撞倒米歇尔的墨水瓶，四只爪子都沾满黑乎乎的墨汁，在他的画纸上跑来跑去。这么一来，绅士、树木、船只和风车都沾上了好几个黑乎乎的猫爪印，这幅画就不能看了。

碰到这种糟糕状况，米歇尔的心情也难免会有些低落。但是，又有什么办法呢？米歇尔用最短的时间调节自己的情绪，再一次投入专注地绘画，转眼之间，他又能画出一幅崭新的缤纷画作！

所以，每一个见过米歇尔画画的人都说："这孩子以后肯定能成就一番事业！"是的，他一定可以的，他不仅仅深爱着绘画这门艺术，还有着坚韧不拔的毅力，面对困境从不屈服，面对挫折从不泄气，如果连他都不能成功实现自己的梦想，又有谁能做到呢？

3. 夏克玲和米劳

夏克玲从小到大最珍视的朋友就是米劳，而米劳呢，最喜欢的朋友正是夏克玲。夏克玲是一个小姑娘，而米劳是跟在她身边的一只大狗。

说不清从什么时候开始，这一对好朋友就玩到一起了。夏克玲刚记事的时候，米劳已经是他们家里的成员了。对夏克玲来说，米劳是她生命中不可缺少的一部分，她无法想象没有米劳的生活会是怎样的。正如她无法想象没有阳光、田野、溪水、新鲜空气的生活是怎样的。只要米劳永远陪在她的身边，夏克玲就有勇气微笑着面对生活中的一切挑战。

夏克玲非常依赖米劳，当她和米劳互相玩闹的时候，米劳会用毛茸茸的脑袋来拱她，会用粉红的小舌头轻轻舔着她的手。但是当她被附近的坏小子们欺负的时候，米劳也会凶神恶煞地冲过来，向着那帮坏小子们汪汪大叫，将他们全部轰走。在夏克玲看来，米劳不仅仅是她的朋友，更是她的"偶像"，米劳的很多技能都让她深感佩服。

例如，夏克玲发现，米劳的听觉比她强多了。在某一个夜晚，夏克玲像往常一样和米劳玩耍打闹，却忽然发现米劳的动作停了下来，它抖了抖耳朵，一翻身跳了起来，汪汪地叫了两声。紧跟着，他们的家门就被人敲响了，原来是邻居家的孩子来找夏克玲玩耍。

同样的事情发生了好几次，夏克玲对米劳越来越佩服了，她认为米劳掌握了一种不为人知的听觉魔法，能够听到一般人听不到的声音。这样的本领实在是太了不起了！

米劳相当聪明，能记住许多事情，不过它记忆里的所有事情都和夏克玲有关。打从它有记忆开始，它就生活在夏克玲家，没过多久，它就喜欢上了这个可爱的小女孩夏克玲，一人一狗很快就成为一对亲密无间的好朋友了。

米劳身形高大，如果它用前爪搭住夏克玲的肩膀直立起来，足足比夏克玲高一大截，如果它心怀恶意，夏克玲可不是它的对手。可是，米劳怎么会伤害夏克玲呢？它可是她最忠实的朋友啊！当米劳发现那些讨人嫌的男孩子出现在附近时，它会展露出自己最凶恶、最可怕的一面。但是在夏克玲面前，米劳永远都是那只热情温暖的大狗，总是伸舌头亲密地舔着夏克玲的脸颊，逗得她咯咯直笑。

米劳认为，自己是夏克玲的保护者，有责任时时刻刻陪伴在夏克玲身边，替她解决一切困难。米劳希望自己在夏克玲心目中是无坚不摧的。因此，它不愿意戴着狗绳出现在夏克玲面前。

但是，这样的情况是无法避免的。这天，大人们随手将米劳拴在树干上，米劳试着挣了挣脖子上的皮带，又绕着大树走了两圈，它意识到完全没有脱困的希望，也就老老实实地趴到地上。它知道，在这种时候汪汪大叫是完全没有意义的，只会使大人们更加烦躁，还不如安安静静地等待着他们将狗绳松开。

可是，米劳完全没有想到，夏克玲一蹦一跳地放学回家，正好看到了眼前的这一幕。小姑娘愣住了，她难以置信地睁大了眼睛，仿佛在问米劳："你为什么要允许别人将你拴在树干上？你吓退那些坏小子的时候，是多么威风凛凛呀，难道你全都忘了吗？等一等，你真的是我的好朋友米劳吗？"

米劳从夏克玲的眼神里读出了她想说的所有话，它无力地冲着夏克玲摇着尾巴，有一肚子的话想要对她说。可是，米劳只是一条普普通通的大狗，它并不会说话啊。夏克玲绕着大树转了两圈，她想帮米劳松开皮带，可她完全不知道该怎么做。最后，她只好和米劳面对面地坐在一起，感觉自己浑身上下的力气都被抽干了。

幸好，这种悲伤的时刻总是很快就能结束，因为大人们很快就会前来给米劳松开狗绳，这对好朋友又能无忧无虑地在一起玩耍了。

夏克玲渐渐明白过来，尽管米劳是她最好的朋友，又掌握着奇妙的听觉魔法，但米劳也不是无所不能的。她并没有因此对米劳失望，恰恰相反，她更加理解米劳，也更加懂得体贴它的情绪，她和米劳的友情变得更加坚固了。

夏克玲和米劳都认为，无论到了什么时候，他们都会是亲密无间的好朋友，他们会永远陪伴着彼此，正如鸟儿陪伴着蓝天，蜜蜂陪伴着花儿。

4. 一场孩子的宴会

你喜不喜欢参加宴会呢？大概很多孩子都喜欢吧！宴会上有着各式各样的美味糕点，冰冰凉、甜津津的饮料，所有的孩子们都穿着整整齐齐的西服和纱裙，像小大人似的。每到这种时候，就是孩子们欢乐的节日。

戴丽丝和她的妹妹宝玲最喜欢参加宴会了，她们不满足于做宴会的参与者，而是决定尝试做一次宴会的组织者，邀请对象就是她们的好朋友皮埃尔和玛苔。为了这场盛大的宴会，戴丽丝和宝玲提前忙活了好多天。妈妈帮助她们买到了奶油、杏仁、糖，姐妹俩互相合作，成功做出了美味的杏仁蛋糕和巧克力奶糕作为宴会的主菜。她们选定了凉亭作为举办宴会的场地，凉风吹来，周围的树林沙沙作响，繁盛的花草散发着淡淡的清香，姐妹俩不由得感到心驰神往。这一定是世界上最棒的宴会！

"我希望能够碰上一个大晴天！"戴丽丝兴冲冲地叫着，一大早她就跟着妈妈忙进忙出，搅拌蛋液，烘烤点心，忙得不亦乐乎。她已经是个九岁的大孩子了，对人生有了一定的看法。她意识到，当她满怀希望想做什么事情的时候，往往都会出现各种各样的意外情况，很难真正成功。所以，在她一门心思想要筹备宴会的时候，她就很担心这一天会刮风下雨，使她们的宴会泡汤。她将这种可能性告知宝玲，宝玲却完全不觉得这有什么值得烦恼的。看看吧，整整一周以来都是晴朗的好天气！到了宴会当天，肯定也是这样的！这可是独一无二的宴会！

宝玲的预言得到了证实，宴会当天，阳光明媚，万里无云，完全不需要担心有可能下雨。

天气的烦恼得到了解决，戴丽丝又迎来了下一个小烦恼——她们的客人会按时到来吗？据戴丽丝所知，皮埃尔和他妈妈都有些粗心大意，以前他们一起外出郊游的时候，皮埃尔总是没办法按时到达，不止一次地错过了火车。有一次，他们约好一起去电影院看电影，别的孩子都到了，只有皮埃尔错过了电影开头。他不得不向小伙伴们一次次追问前面的故事，那副样子真是可怜极啦！玛苔虽然不像皮埃尔一样容易迟到，可她身体很不好，经常感冒发烧，万一她昨天晚上吹风着了凉，今天不就没法按时到了吗？一想到这些，戴丽丝就感到心急如焚。

好在，她猜测的所有糟糕情况都没有发生，皮埃尔按时赶到了聚会地点，玛苔也并没有生病。皮埃尔的兴致尤其好，毕竟对他来说，按时参加宴会可是一件不经常发生的事呢！所以他嚷嚷着要替大家烤肉、切肉。瞧，他的脑袋几乎抵着盘子边缘，双腿扎着结实的马步，弓腰低头，全神贯注地对付着盘子里的鸡腿。看到他这副认真的样子，人们都笑了起来。

作为宴会的主人，戴丽丝一开始感到非常局促。她觉得脸上发烫，双手不知道该往哪里放，慌乱地给客人们让座、端糕点，陪着他们聊天。不过，仅仅一会儿工夫，她就适应了和小伙伴们玩玩闹闹的状态，他们嘻嘻哈哈地分享着食物，有说有笑。

跟戴丽丝相比，宝玲就显得放松多了。无论参加谁组织的宴会，她都是爱说什么就说什么，爱吃什么就吃什么。当然啦，在自己家组织的宴会上也是这样。与她形成鲜明对比的就是不远处的玛苔了，玛苔是一位不折不扣的小淑女，她说话总是细声细气的，吃东西也细嚼慢咽，不会做出任何一个失礼的举动。

微风吹来，阳光暖洋洋的，孩子们尽情享受着这美好的宴会，一个个都感到心满意足。就在这个时候，戴丽丝家的小狗喜浦也赶来凑趣了，它在孩子们的脚边转来转去，不断摇晃着尾巴，不时还用两只后爪站立起来，用前爪轻轻扒拉着戴丽丝的衣襟，期待她喂给自己几块好吃的。

这一次宴会举办得非常成功，所有人都得到了莫大的享受，宾主尽欢，而戴丽丝和宝玲尤其感到自豪——这是她们俩第一次组织宴会，就给朋友们带来了这么多幸福，对她们俩来说，这可是相当不容易的成就呢！

5. 钓鱼

热昂和热昂妮兄妹俩每天上学放学的路上，总是会经过一条潺潺流淌着的小河。河岸上种满了随风摇曳的杨柳，河水清澈，能清晰地看到河床上的一颗颗鹅卵石。每到早晚时分，天气寒冷，河面上就会漂浮着一层薄薄的雾气，笼罩着水面和河边的草地，简直像是仙境一样。

不过，眼前的美景并不能完全吸引热昂和热昂妮。他们不喜欢赤着脚走进小河里戏水游泳，也不喜欢躺在湿漉漉的草地上晒太阳看书，他们最喜欢做的事情就是观察小河里游来游去的鱼儿。没错，他们的目标就是钓鱼！

为了这项钓鱼大业，热昂和热昂妮提前许多天就开始做准备了。他们将一根长树枝打磨得非常光滑，在树枝末端系上鱼线，穿上鱼钩。当然啦，鱼钩和鱼线都是用家里的针线改造的。其中，热昂负责打磨鱼竿，热昂妮负责准备鱼钩、鱼线，所以这套渔具可以说是兄妹俩的共有财产。既然是这样，到底应该由谁来第一个钓鱼呢？热昂和热昂妮相互争抢着这个机会，已经翻脸吵了好几次了，始终没有做出最后的决定。

终于到了学校放假的这一天，天气晴朗，最适合去郊外踏青。热昂和热昂妮带齐了他们的全套渔具，做好了外出钓鱼的准备。不出所料，两个孩子又争执起来了。

"我应该先钓，你在旁边等一等吧。"热昂抢先拿起了鱼竿，指了指旁边一棵柳树的树荫，"喏，就坐在那里，还能避一避太阳呢。"

热昂妮满心不情愿，她跑过去争抢鱼竿，她趁热昂不注意把他手上的鱼竿抢了过来，可是热昂一把就夺了回去，两个孩子扭打成一团。热昂的力气大，热昂妮的动作敏捷，在短时间里根本分不出高下。最后，热昂的胳膊被掐得青一块紫一块，热昂妮的脸上也被拳头击了好几下，他们又疼又累，谁也打不动了。实在没办法了，兄妹俩只好签订了和平条约——以后谁也不许动手打架，而是要用和平友好的方式轮流使用渔具。如果热昂成功钓上了一条鱼，就要立即将渔具交给热昂妮，反之也是同样的道理。

但是，热昂实在太喜欢钓鱼了，他抓住鱼竿就舍不得松开手，更不愿意让热昂妮跟他一起分享钓鱼的快乐。所以他就想出了一个钻漏洞的主意，如果他永远也钓不到鱼，那就可以一直独享渔具了！就这样，热昂牢牢地攥着鱼竿，就算眼看着鱼儿吞饵、鱼漂上下浮动，他也假装没看见，依然攥着鱼竿晃来晃去。这的确是个机灵的主意，热昂可以一直享受钓鱼的快乐，同时又不会惹热昂妮生气。

不过，热昂妮完全没有因此而生气，她正在自顾自地玩耍着呢，她一会儿逗弄着空中飞过的蜜蜂，一会儿将树叶卷得细细的当口哨吹，尽管热昂霸占着鱼竿，她却一点儿都不着急。

大约两个小时以后，热昂妮探头看了看热昂手中的鱼竿，怎么还是一点儿动静都没有呀？她感到有些无聊。热昂妮懒洋洋地走回柳树下，伸了伸懒腰，舒舒服服地在树荫下躺了下来，准备先打个盹儿。

热昂一直在偷偷地观察着热昂妮的举动，当他看到热昂妮躺在树荫底下睡觉的时候，他简直长长松了一口气。一直握着鱼竿又不能把鱼钓上来，对他来说也真是折磨！当热昂确定热昂妮已经睡着以后，他连忙给鱼竿上重新换了鱼饵，再次抛下鱼钩，没过多久，就觉得手中鱼竿一沉。鱼儿上钩了！热昂连忙抓紧了鱼竿一使劲，一条沉甸甸的大鱼甩出一条漂亮的抛物线，落在草地上，原来是一条雪白的大白杨鱼。

"你钓到鱼了！现在该我了！"随着一声兴奋地大叫，热昂妮从热昂身后扑了过来，一把夺过了鱼竿。原来，她刚刚一直都在假装睡觉呢。

热昂懊恼地抓了抓头发，但是也忍不住笑了起来。他们将大白杨鱼装进鱼篓里，叽叽喳喳地说个不停。热昂妮接过鱼竿，她的钓鱼水平也相当不错，一会儿工夫，就顺利钓上来一条个头不小的红鲤鱼。

等到日头偏西的时候，热昂和热昂妮的鱼篓里面已经装满了鱼，他们心满意足地带着这些战利品回家了。尽管不久前兄妹俩还打过一场架，可是现在，他们又变成亲亲热热的好朋友了。

"我们明天再一起出门钓鱼吧！"热昂嚷嚷着说。

"就这么办！"热昂妮也兴奋地晃着胳膊。

6. 枯叶

气温一天比一天低，秋天到了。村子附近的树木都换掉了夏日的碧绿衣裳，落叶厚厚地积了一地，只剩下光秃秃的树干在风中微微地打着哆嗦。乍一看去，它们那干枯的模样简直像是树林里的"骷髅"。山毛榉和鹅耳枥也逃不过这样的命运，只有橡树还泛着苍翠的绿色，栎树和白杨换上了秋天专属的新衣裳，金黄灿烂。

一阵风吹来，深黄色的枯叶随风飞舞，仿佛是一群生命走到尽头的蝴蝶。它们也曾经有过嫩绿鲜亮、惹人喜爱的时刻，然而现在，所有的荣光都随着时间淡去，它们静悄悄地躺在树下，无人问津。

但是，别以为这些枯叶就只能沦为垃圾，对牛、羊等牲畜来说，枯叶带着的植物清香很有吸引力，算得上是不错的食物呢。如果碰到阳光炽烈的大晴天，人们还可以将枯叶铺在门口的空地上，晒干水分。这些干燥的叶子就可以做填充物，用布料缝好，做成枕头或垫子。

这天清晨，空气清新，巴贝特、皮埃尔和热昂诺踏上了前去树林的路，他们要抓紧时间，多收集一些枯叶回来。

巴贝特是个小个子，只背着一只布袋，皮埃尔的个头和她差不多，却挎着一只显眼的大篮子，至于热昂诺，他索性推来了一辆小推车！天气阴沉沉的，冷风刺骨，孩子们赤裸的手都被冻红了，可他们必须顶着风继续往前走，因为他们这次出门是有正式任务的啊！他们搓着小手，快步奔跑起来，急匆匆跑到了树林边缘。

林子里有不少小孩子，他们都各自带来了篮子或袋子，准备多收集一些枯叶，留着过冬用。孩子们一旦聚在一起，就有数不清的乐趣，你追我赶，吵着闹着，不像是在干活，更像是一起玩耍。

这不，皮埃尔、热昂诺和男孩子们一起扎堆玩了起来，而女孩子们则把巴贝特拉了过去。在不同的队伍里也有不同的劳动氛围，男孩子们埋头干活，将一只只篮子堆得冒了尖儿，攒足力气要证明自己的表现才是最好的。而女孩子们就不同了，她们一边忙活一边和好朋友叽叽喳喳地说着笑着，比男孩子那边要热闹多了。

太阳渐渐升起来了，阴冷的晨雾散去，阳光透过树林的缝隙，暖洋洋地照在孩子们身上。不少孩子都扬起脑袋来，眺望着村舍所在的方向——炊烟袅袅升起。他们吸了吸鼻子，仿佛能闻见空气中的香味，肯定是妈妈们在熬罐子豌豆汤！

美味的豌豆汤是对孩子们的犒赏，他们一想到那鲜美的味道，就下意识地咽了咽口水，立即埋头沉浸在了手里的工作中。挑选优质的落叶填满手中的布袋、篮子和推车，这实在不是一项轻松的工作。孩子们累得直喘粗气，满脸汗水，可是他们顾不得停下来喝一口水，仍然催促着彼此："快！快！快！"

等到太阳落山的时候，孩子们已经完成了所有的工作，就算有些孩子动作较慢，也得到了同伴们的帮助。他们带着装满了落叶的布袋、篮子和推车，成群结队地踏上了回家的路。刚走进村口，就听到了妈妈们的呼唤："汤已经熬好了，快回来喝汤吧！"孩子们欢呼雀跃，叽叽喳喳地跑向了各自的家。

当我年纪还小的时候，我总是感到很奇怪，平时喝的豌豆汤平平无奇，收集落叶忙碌一整天以后喝到的汤却非常好喝，这是怎么回事？后来我才明白，这碗汤中加入了一味名叫"劳动"的调料，才变得格外鲜美啊！

7. 过草场

今天是个难得的好天气，正如枝头上微微吐绿的嫩芽，清新可爱。仰头看去，湖蓝色的天幕上飘过几缕灰白色的云，当我凝视着这样的天色时，仿佛看到了卡塔琳妮的眼睛。她的眼睛就是这样的颜色，当她笑起来的时候，比天空与云朵更加迷人。

卡塔琳妮住在草场附近的村子里，她从小就在广袤的大自然里长大，树木、花草、叽叽喳喳的小鸟都是她最亲密的玩伴。她能够牢牢记住树林里每一条羊肠小径通向哪里，她能够用最快的速度在森林、田野和山间穿行。对于大自然的一切奥秘，卡塔琳妮都烂熟于心，她知道如何根据阳光来判断具体时间，也知道如何根据云朵来判断第二天的天气。

卡塔琳妮身边经常跟着一个虎头虎脑的小不点儿，那是她的小弟弟热昂。热昂也是在大自然里长大的孩子，树林、池塘和山丘都是他的乐园。热昂尤其受到小动物的喜欢，他总是会在夏天扑进清凉的池水里，和小鸭子一起玩耍嬉戏。热昂已经是个大孩子了，妈妈已经同意让他走出家门，跟在姐姐卡塔琳妮身边，穿过草场探寻大自然的更多秘密。

刚刚入夏不久，天气还算不上炎热。一大清早，卡塔琳妮向妈妈打过招呼，就带着热昂一起出门了。通往草场的小径两边生长着一丛丛茂盛的灌木，草场的主人在灌木附近修筑了篱笆墙。在冬季的时候，篱笆墙只是由光秃秃、黑乎乎的树枝组成的。不过，天气一旦回暖，人们就会看到篱笆墙上盛开了一簇簇娇艳清香的花儿，矢车菊、剪秋罗、金凤花……真是让人眼花缭乱。卡塔琳妮非常熟悉花草的种类，她在花团锦簇的花儿中左一转，右一转，仔细给热昂讲解每种花的特点。卡塔琳妮还告诉他，这种开满花儿的篱笆墙被称为"爱神的镜子"，这可真是个富有美感的名字，难道不是吗？

一阵风轻轻吹来，花花草草随风摇曳，淡淡的清香弥漫开来。卡特琳妮俯身摘了一大把黑穗子、老鹳草和铃兰花，十指灵巧地转来转去，不一会儿就编出了一顶简单的花冠。对了！她可以采更多的花儿，编成各式各样的首饰，这些东西多漂亮啊！

从小到大，卡塔琳妮都是一个乖巧懂事的女孩子，正如很多乡村家庭一样，卡塔琳妮的爸爸妈妈无法拿出很多钱来给她购置漂亮衣服、首饰和化妆品。卡塔琳妮平常的打扮就是简单的短上衣、格子纹路的围裙、棕色布帽和木屐。所以，她一看到花儿，简直没有办法挪开眼睛。要是能够用花束做成胸针、手链和头花，那就太好了！想到这里，她摘花的动作更起劲了，一边摘花，一边哼起了轻快的调子，她活泼的声音回荡在空气中，仿佛花香也变得更浓郁了。

但是，弟弟热昂一点儿都不关心卡塔琳妮在做什么，他一只手仍然紧紧地抓着卡塔琳妮的裙角，小脑袋却在转来转去，打量着周围的事物。尽管热昂年纪还小，可他已经是个很有主意的孩子了。他总是会缠在妈妈和姐姐身边，说一些只有她们能听懂的句子。如果妈妈坚持要他在天气回暖以后再出门，他就会完全顺从，即使跟着姐姐一起出门，他也会紧紧地跟在卡塔琳妮身边，从来都不四处乱跑。

热昂最新收到的礼物是一条短短的马鞭，这是父亲的马倌送给他的。热昂非常喜欢这件礼物，他总是喜欢手脚并用地爬到马车上，一边啪啪地甩着马鞭，一边放开喉咙发出吆喝声和口哨声，仿佛自己成了一位威风凛凛的大将军，统领着一支成千上万人的军队。当马车陷进泥泞的时候，他就当先跑过去，吆喝着马儿使劲脱离泥塘。就在热昂沉浸在自己的想象里咯咯直笑的时候，他的姐姐卡塔琳妮也一门心思地忙着采花编花呢。

一边玩耍一边走，卡塔琳妮和热昂好不容易才走到了草场附近，这里的花儿盛开得比篱笆墙附近更好，茂盛缤纷，幽香浮动，将草场点缀得五颜六色。两个孩子轻快地在草场上奔跑着，他们跑到了草场的尽头，探头看去，远处是一片片居住区，透过袅袅升起的炊烟，隐约能听到远处教堂方向传来的钟声。卡塔琳妮深吸了一口气，轻轻地闭上眼睛，每到这种时候，她就能体会到世界的广阔，感受到自身的渺小。

"来，热昂，我们坐在这里休息一会儿吧。"卡塔琳妮拉着弟弟的手，让他坐在了自己身边，闻着空气中淡淡的幽香，欣赏着眼前这番美景。卡塔琳妮将一路上采来的花朵都小心放在裙摆上，从中选取最漂亮的编花环。这项工作也不是容易做的——首先，卡塔琳妮需要精心搭配合适的色彩。其次，她再将花茎巧妙地编织在一起，经过耐心地加工，做成花冠、花坠子。浓郁的香气四散开来，蝴蝶追逐着香味飞了过来，绕着卡塔琳妮飞来飞去，她简直就和花仙子差不多了。

热昂原本正在一旁雄赳赳气昂昂地迈着步子，挥舞着他的小马鞭。可是看到这番景象，连他也不由得停住了脚步，多么美啊！热昂手里的马啪嗒一声掉在了地上，他拍着肉乎乎的小手，跑到了卡塔琳妮身边，拽着她的衣袖，兴奋地叫了起来。小家伙用幼稚的语言表达着自己的想法，句子含糊不清。可是卡塔琳妮很快就明白了，她拉起了弟弟的手，笑着说："别着急，我的小热昂，我这就用花朵给你打扮打扮，你会成为一位英俊的小王子的，我保证。"热昂听懂了姐姐的话，他也笑出了两个小小的酒窝，手舞足蹈地在旁边转着圈儿。

卡塔琳妮精心挑选起了送给弟弟的花朵，她挑出红、白、黄三种颜色的花儿，花茎交叠，编织成了一顶漂亮的花环。她将花环给热昂戴好，又吻了吻他那毛茸茸的小脑袋："现在，就让我来带着您走上金色宝座吧，亲爱的热昂王子。"说完，卡塔琳妮就握紧了热昂的手，将他轻轻抱起，放在一块巨大的石头上。热昂的小脸兴奋得红扑扑的，他兴冲冲地四处张望，似乎想要在石头宝座上跳来跳去。可他控制住了自己的行为，他现在可是一位尊贵的王子呢，不能做出这样孩子气的动作！于是，热昂深吸了一口气，向着周围的花丛和蝴蝶张开小手，仿佛在深情地拥抱他的领土与子民。

看到热昂那副滑稽的小模样，卡塔琳妮忍不住咯咯地笑了起来：

"热昂，我的小弟弟，你可真是个小可爱！"她亲昵地抱紧了热昂，在他的小脸蛋上捏了一把。她的动作不小心碰坏了热昂头上的花环，花儿一朵朵掉了下来，其中的几片花瓣落在了热昂的鼻子上。真可惜，好好的一顶花环就这样坏了。

热昂的神色有些失落，他捧着头顶飘落的几片花瓣，小大人似的叹了一口气。真是的，姐姐干吗要忽然大笑呢？多漂亮的一顶花环啊！

既然花环没有了，热昂就手脚并用地从石头上爬了下来，他又变回那个天不怕地不怕的小孩子了。花朵虽然漂亮，却实在太脆弱，算不上是什么有趣的玩具。热昂重新拾起了被自己丢在草地上的马鞭，兴高采烈地挥舞起来。在梦想的国度里，他再次披上了属于将军的戎装，高声呼喊，率领着浩浩荡荡的军队，向着草地那一头的小路进发。

两个孩子又开始各玩各的了，卡塔琳妮埋头继续编织着各式各样的花朵，但是随着时间的推移，采摘下来的花朵已经渐渐枯萎了。它们蔫巴巴地低下了头，合起了花瓣，仿佛打算舒舒服服地打个盹儿。卡塔琳妮将紫色的风铃草举到手边，试图将它唤醒，可是风铃草懒洋洋地晃了晃叶子，一点儿都不想搭理卡塔琳妮。

卡塔琳妮沮丧地抬起了头，冷风吹过，她微微地打了个哆嗦。不知道什么时候，太阳已经向西方偏斜了，蝴蝶们成群结队地飞回了森林里。天幕的颜色转为暗沉，热昂凑到了卡塔琳妮身边，可怜巴巴地拽了拽她的衣角："肚子饿，姐姐……"

不知不觉，他们已经在草场上玩耍了一整天了，热昂还没有吃过任何东西呢！卡塔琳妮连忙站了起来，一只手拉着热昂，另一只手抱着怀里的花儿，说道："来吧，姐姐带你回家！"

落日的余晖映在姐弟俩身上，他们目送着太阳慢慢向山下沉去，燕子扑棱着翅膀飞过他们身边，却没有停留一时半刻。天色一点点地黑下去，热昂越来越疲惫，他没有力气玩耍了，手里的马鞭有一搭没一搭地拂动着长长的草叶。卡塔琳妮也没有哼歌的心情了，她拉紧了热昂的小手，心里只有一个念头：快点儿回家，再快点儿回家！

这条小路他们走过无数次，周围的风景和房屋也是每天看惯了的。可是到了夜晚，这一切就变得阴森森、冷飕飕的，令人不由自主地浑身哆嗦。卡塔琳妮从来没有走过夜路，在夜色中看去，一棵棵光秃秃的老树简直像是一个个狰狞的鬼影，蟋蟀声嘶力竭地叫喊着，而她心跳快得喘不过气来。这到底是怎么回事？几小时前，它们展露出来的还是温暖可爱的一面啊！卡塔琳妮的呼吸越来越急促，她的步子也越来越慌乱。怎么这么久还没有到家？难道他们陷入了一座迷宫吗？还是陷入了巫师的黑魔法呢？卡塔琳妮起先是慢慢走，后来忍不住一路小跑起来。她抱在怀里的花儿随着跑动抖落出来，她本来还有些舍不得，想俯身去捡，可是夜晚的树林实在太令人害怕了。她根本不敢停下脚步，只能丢下花儿，一门心思地跑！跑！跑！热昂拉着卡塔琳妮的手，跟在姐姐身后跑着，他双眼通红，眼眶里的泪花打着转，但他紧紧地抿着嘴唇，强忍着没有哭出来。热昂可真是个了不起的小男子汉！

跟跟跄跄地跑了很久以后，卡塔琳妮和热昂终于跑回了村子附近。

一间间熟悉而可爱的农舍出现在眼前，炊烟袅袅，微风中传来邻居们的说笑声，这一切都是那么令人安心！卡塔琳妮和热昂同时松了一口气，他们笑着跳着，拍着巴掌，同时迫不及待地往家的方向跑去。他们在路上碰到了不少忙农活儿的大人，姐弟俩甜甜地笑着，叽叽喳喳地冲他们道晚安，一溜烟儿地跑过田埂，跑向了家门口。瞧！妈妈在那里等着他们呢！她用白色头巾裹了头发，正端着汤碗、拿着汤勺走出房门来，催促着他们快些回家喝汤。

"小调皮们，这么晚才回家。"妈妈轻轻地拍了拍他们的小脑袋，拉着姐弟俩走进房间，"比你们的爸爸回来得还晚呢。"

卡塔琳妮和热昂都吐了吐舌头，咯咯笑着扑进了妈妈的怀里，循着饭菜的香味跑进了房间。果然，桌子上已经摆好了丰盛的食物：刚熬好的白菜汤、热腾腾的面包、红艳艳的果酱，真是让人垂涎欲滴！热昂一分钟也等不及了，他爬上椅子，大吃大嚼了起来。卡塔琳妮忍不住笑了，她看向窗外的方向，只见皎洁的月光照进院子，夜晚来临了。

"这真是充实的一天啊，虽然很快乐，却还是让人有些慌张呢……"卡塔琳妮这样想。

8. 小"水鬼"

"水鬼"可不是真的鬼怪！据那些住在海边的人们说，"水鬼"指的是游泳能力高超、驾船水平一流的顶尖水手。他们的儿子往往被称为小"水鬼"，这些男孩子大多是在船上长大的，他们熟悉水手的一切工作，满心期待着长大后继承父辈的事业，成为真正的"水鬼"。由于生长在水手家庭里，小"水鬼"和一般的孩子看起来并不一样。他们的衣服大多是各式各样裁剪过的水手服，是用他们父亲的旧衣服改造而成的。他们总是将帽子的帽檐低低地拉到耳朵上，这样，即使身处于狂风暴雨中的海面上，他们的听力也可以得到有效保护。此外，由于长期生活在海上，他们穿的衣服总是相当厚实保暖。要知道，海上天气比陆地上更加变化无常，寒气和潮湿可以算得上是家常便饭了。

人类永远也无法征服海洋，即使是水手也这么认为。海洋有千百副不同的面孔，即使是一个不起眼的小小浪花，也能在短时间内迅速变成滔天的巨浪，将人类的大船一口吞下。海面上的天气更加无法预测，也许在上一秒还是微风阵阵、温暖宜人，下一秒却变成了雷声隆隆、风雨交加，这使水手的工作面临着数不清的挑战。在船队出发之前，人们总是会请来牧师，祈求上帝保佑水手们平安归来。可是一段时间以后，大海总会露出狰狞的一面，凶悍地吞没渔船，使船上的水手惨遭不测，使某个小"水鬼"失去他的父亲。

面对这样严酷的现实，小"水鬼"们早已被锻炼出了坚毅的性格。

他们不畏挑战、不怕牺牲、吃苦耐劳、意志坚定，从这个层面上来说，海洋就是他们最好的老师。小"水鬼"们早早学会了如何面对风险，如何克服困难，如何咀嚼痛苦。生活在大海上的水手往往是勇敢朴素的男子汉，他们赤诚待人，品格高尚，他们的孩子也是如此。

如果你去大海边，一定能够一眼认出那里的小"水鬼"，或许他们的身形和思考能力都还是孩子的水平，可他们的灵魂却属于一位历尽磨难的老水手。这些孩子经常徘徊在大海边，却很少在沙滩上嬉戏玩耍。他们总是静静地站在防护堤边，凝视着海面上一朵朵奔涌着的浪花。他们不是散心的游人，不会对海面上的日出风景发出赞叹，也不会对天边连绵的云彩流连忘返，他们牵挂着的是一艘艘出海工作的渔船，以及渔船上的亲人们。这份沉甸甸的思念能否传递给船上的亲人们呢？想必一定会的吧。水手们结束了出海打鱼的工作，船上堆满了捕获的大鱼和龙虾，掉转船头，驶向家的方向，海岸上的小"水鬼"们欢欣雀跃，迎接着亲人们的归来。

在漫长的人生旅途中，不同的人有着不同的心愿，或许有关亲人与爱人，或许有关目标与梦想。但是这群小"水鬼"们有着完全相同的心愿——一旦渔船扬帆出航，他们便虔诚地祈祷着大海风平浪静；祈祷着阳光明媚清朗；祈祷着那一艘艘渔船行驶平稳；祈祷着自己能够快些看到渔船顺利返航。

9. 玛莉

没有哪个女孩子会不喜欢繁星和花朵，当她们小的时候，或许还梦想着有朝一日攀上天空，将繁星摘下来呢。你是不是也这样想过呢？不管怎么样，这就是玛莉小时候的梦想。玛莉希望自己能够拥有所有的繁星和花朵，虽然摘繁星不是一件容易的事情，可是摘花就简单多啦。

有一次，玛莉去公园玩耍，看到花坛里五彩缤纷的绣球花盛开。一阵风吹来，花茎随风摇曳，仿佛是在向玛莉打招呼。玛莉绕着花坛走了好几圈儿，越看越喜欢，她趴在花坛旁边，小声对绣球花说："我把你们摘下来，带回家和我做朋友，你们愿意吗？"

绣球花没有回答，玛莉认为这就是花儿的默许，她当即兴冲冲地动手了。可是绣球花的花茎非常结实，玛莉不得不使出吃奶的劲儿，才能将花茎从土壤里拔出来，她使的力气太大，差点儿摔了一跤。

玛莉捧着自己采下来的花儿，左看看右看看，眉开眼笑。瞧，多么漂亮的一朵绣球花啊，这可是她拥有的第一朵花儿，玛莉简直怎么都看不够！

但是，玛莉的保姆阿姨看到了这一切，阿姨认为小孩子喜欢摘花是非常不好的行为，贪图一时的鲜艳美丽，却使得花儿就此枯萎死去，这是多么自私的行为啊。更何况，如果所有的小孩子都跑去摘花，花园里很快就会变得光秃秃的，丑陋不堪。阿姨将玛莉叫到身边，板着脸教训了她一顿，命令她站在栗树旁的太阳伞下，好好反省自己的所作所为。

"看看那朵可怜的绣球花吧。"阿姨不满地说,"它会提醒你犯的错误。但是注意,不可以咀嚼花瓣,否则小狗多多就会咬你!"

玛莉乖乖地站在大阳伞底下,她将绣球花翻来覆去地摆弄着,心里感到非常不解。她并不知道花儿一旦被摘下,就会在很短时间内枯萎死去,所以她完全不明白阿姨为什么会不高兴。她眨巴着眼睛,很快就忘记了刚刚的不愉快,开始左顾右盼起来。

瞧,阳光洒在不远处的草坪上,看起来多么暖和呀。要是能跑到草坪上自由自在地打几个滚儿,肯定非常舒服!但是阿姨不允许玛莉离开脚下这片地方,她只能将注意力重新转回绣球花上。

"唔,绣球花的香味闻起来会是什么样子?试试看吧……"玛莉小声嘀咕着。她捧起这朵红蓝相间的绣球花,把鼻子埋到花瓣间努力吸气,可是为什么闻不到味道呢?玛莉想起妈妈曾经笑话过她分不清吸气和吹气的区别,可是现在,她早就已经学会了啊!

玛莉困惑地打量着绣球花,她不明白,有些花儿确实是没有香味的。玛莉歪了歪头,咕哝道:"说不定这种花朵和糖果一样?虽然闻起来不香,却有着甜甜的味道呢!"想到这里,玛莉就撕下了一片花瓣,准备放到嘴里尝尝。

就在这时,小狗多多汪汪地叫了起来,一溜烟儿冲到玛莉的身边,仿佛在阻止她吃花瓣。玛莉一抬头,看到保姆阿姨生气地瞪着自己,糟糕,她忘记阿姨的提醒了!玛莉又是惭愧又是抱歉,她深深地低下头,不自在地用脚尖踢着面前的小石子。

所有的人都会对美好的事物心生向往，但是我们需要知道，许多美好事物是不能被我们独自占有的，也不能随心所欲地闻一闻、尝一尝，否则这份美好就会迅速消逝。面对美好的事物，我们应当怀着一颗欣赏之心，尽可能表达对它的赞美与爱意，这才是正确的选择。

10. 勇敢

一大清早，路易莎和弗列德里克就踏上了去学校的路，阳光暖洋洋地照在他们的身上，他们轻快地哼着歌。这首歌是路易莎和弗列德里克的祖母教给他们的，歌词讲述的是小羊智斗饿狼的故事。据说，当祖母还是个小女孩的时候，这首歌就已经流传开来了。

一首歌的寿命或许比人的寿命还长，经过人们口口相传，将歌谣的旋律教给下一代的孩子，这首歌就能永远在世间唱响。路易莎和弗列德里克边走边唱，兴高采烈。正当他们要唱第二遍的时候，弗列德里克的声音突然停住了——他的视线牢牢地盯着前方，整个人都僵住了。

原来，弗列德里克前方不知何时蹲着一只大黑狗，牙齿锋利，眼珠通红，正紧紧绷着身体，对弗列德里克做出了攻击的姿态。

弗列德里克认识这只狗，它属于村子里的一个屠夫，经常在屠夫的肉店里跑来跑去，咀嚼着骨头和碎肉。它看起来相当凶悍，见到路人也从来没有好脸色，时常从喉咙里发出威胁的低吼。

尽管这只狗从来没有主动扑咬过别人，可是弗列德里克还是打心眼儿里畏惧它，每次走过屠夫的肉店门口遇见它，他就会拼命克制着颤抖的双腿，俯身捡起一块石头，学着大人的模样冲这只狗吆喝恐吓，直到黑狗慢悠悠地离开。

弗列德里克哆嗦着蹲了下来，抓起一块石头，打算用老办法吓走这只狗，可是身旁的路易莎斜着眼睛看了看他，扑哧笑了一声。尽管她什么都没有说，弗列德里克还是羞得满脸通红，恨不得找个地缝钻进去。瞧，路易莎目不斜视地从黑狗面前走了过去，一点儿也不害怕，她是怎么做到的？弗列德里克远远看着路易莎的背影，咬紧牙关，下定决心：决不能输给路易莎，下一次他也要鼓足勇气，坦坦荡荡地从黑狗面前走过去！

当弗列德里克做出这样的决定以后，就没有什么东西能改变他的想法。从此以后，弗列德里克硬逼着自己面对那条凶悍的大黑狗，每天上学放学时他都勇敢地走向屠夫的肉店，迈着坚定的步子，一步步从大黑狗面前走过。大黑狗不明白他为什么在短时间里改变得这么快，经常蹲坐在门口盯着他，困惑地晃动着尾巴。

而弗列德里克呢，他也对自己的表现非常满意。每当他勇敢地走过大黑狗面前时，总要不动声色地瞄一眼身边的路易莎，仿佛在观察她的反应。很多人都说，男孩子会在女孩子面前鼓足勇气，做自己平时做不到的事情，原来这个说法是真的啊！

11. 病愈

小姑娘热曼妮躺在床上，她病得昏昏沉沉的，连睁开眼睛的力气都没有。她生病的原因是什么？连她自己都不清楚，大人们就更不知道了。小孩子很容易因为各种各样的原因而生病，有时是吹风着凉，有时是吃了太多的食物。总之，在某一个寒冷的夜晚，热曼妮开始发烧了，她蜷缩在被窝里迷迷糊糊地睡着，不时难受地翻来翻去。

好在热曼妮的症状来得快也去得快，从第二天开始，她的病情就慢慢好转了。妈妈将热曼妮的小床搬到了窗边，好让她每天都能晒到阳光。在日光的温暖照耀下，热曼妮的身体恢复得更快了。

在热曼妮生病期间，小木偶一直陪伴在她的身边，它是热曼妮最忠诚的朋友，无论发生任何事情，它都不会离开她。有时候，热曼妮觉得自己对木偶的感情就像对妈妈一样，她可以将所有的心里话都对它说，和它分享每一个小秘密。

但是，最近这段时间，小木偶也变得蔫头耷脑的，这个小家伙也生病了，不得不花很多时间慢慢休养。热曼妮每天都在给小木偶打气，她迫切希望它能够尽快恢复健康，一起出门呼吸新鲜空气。

热曼妮希望照顾自己的亚夫列德医生也能给小木偶看病，听到这样的请求，亚夫列德医生显得非常不耐烦。他试了试木偶的体温，听了听木偶的心跳，当然什么都没有发现，然后粗鲁地说："既然这个木偶生病了，就砍掉它的手臂和腿，它自然就能好起来了！"

"我从来没有听过这样不可理喻的诊疗方案！"热曼妮不满意地

嘟囔，"他可真是个不负责任的医生！"

尽管亚夫列德医生的脾气不好，可他的医术非常高超，几天以后，热曼妮就在他的照料下慢慢好了起来。在生病的这段时间之中，热曼妮也得到了不少收获。好朋友露西一次次来她的病榻前看望她，给她带来了最新的课堂笔记，露西还动手帮她缝衣服，陪她说话，喂她喝药。亚夫列德医生给她开的药实在是太难喝了，热曼妮根本不愿意张开嘴巴，幸好露西想出了好主意，她将花儿和水果做成了香香甜甜的花果汁，热曼妮喝完药以后，再喝一口甜滋滋的花果汁，所有的苦味就都消散了。

热曼妮捧着装有花果汁的杯子，深深地吸了一口气，花香味多好闻啊！她已经迫不及待想要走出这间小屋子，走上山坡，走进花丛中了。她想要在草坪上自由自在地打滚儿，还想跟附近的小孩子一起玩耍，去年的这个时候，热曼妮就和那里的小孩子度过了愉快的时光。每当她说起这些事的时候，总是板着一张脸的亚夫列德医生也会沉浸在回忆中。是的，那些山路、树林、池塘也曾经给他带来了不少享受，只要闭上眼睛，他就仿佛又看到了一条条蜿蜒崎岖的山路、一片片繁茂的树林、一个个清澈见底的池塘。

热曼妮病好以后，比从前更加热爱大自然，更加热爱生活了。尽管生了一场病，她却觉得自己比以前更快乐了。

12. 卡塔琳妮的"招待会"

卡塔琳妮是个热情好客的小姑娘，她的房间里时常是热热闹闹的，不少木偶小伙伴都盘坐在地板上陪她说话。木偶本身是无法发出声音的，但是这完全没有关系，卡塔琳妮知道它们的所有想法，能够代替它们开口说话。如果你要说："木偶仅仅是玩具而已，它们没有情感，也没有思考能力。"那么卡塔琳妮一定会生气的，在她看来，每一个木偶都是一个可以交心的好朋友，卡塔琳妮经常跟它们互相说悄悄话。

每天下午五点钟，是固定的"招待会"时间，这是专属于卡塔琳妮和小木偶们的活动。卡塔琳妮会拿起一个个小木偶，让它们轮流讲述最近发生的故事。只不过，小木偶无法开口，所有的声音都是由卡塔琳妮发出的。

"我亲爱的木偶伙伴，你最近过得怎么样？"卡塔琳妮问。

"我过得不错，谢谢你的关心，亲爱的卡塔琳妮。"小木偶瓮声瓮气地回答，当然，这也是卡塔琳妮的声音，"唯一的倒霉事发生在昨天早上，我出门去买早餐，不小心摔了一跤，把我的胳膊摔断了。"

"噢！我的天哪，这太糟糕了，你该怎么照顾你的小女儿？"

"幸好我的身体恢复得快，我的朋友，现在我的胳膊已经痊愈了。只不过最近我的女儿也在生病，她患上了麻烦的百日咳，唉，真希望她能快点儿好起来啊！你知道，现在照顾孩子的成本很高，更何况，上周我们家又增添了两个新成员……"

"是的，我真应该好好祝贺你！现在，你身边已经有四个孩子啦，日子一定过得很热闹吧？"

"确实是这样，小家伙们闹得我晕头转向，我经常数不清家里到底有几个孩子。唉，真是让人头疼！"

"真是辛苦你了。打从见面开始我就想对你说，我非常喜欢你身上这件衣服！"

"谢谢你，如果有机会的话，我一定要邀请你参观我的衣帽间。"

"我真想去看看！对了，最近有时间去剧院看戏吗？"

"我从来不会错过剧院的任何一场戏！昨晚我早早就到了剧场，可是没有看到那位我最喜欢的歌剧演员的节目，也许他遇到了什么意外情况，真是让人难过。说起来，你参加过舞会吗，我的朋友？"

"舞会！多么吸引人啊，快跟我说说那是怎样的？"

"舞会真是让人眼花缭乱、流连忘返！如果你也愿意参加舞会，我就将我认识的将军、王子和糖果店老板都介绍给你，他们可都是些了不起的青年才俊呢！"

卡塔琳妮的每一次招待会都会持续很长的时间，她和木偶你一句、我一句，说得非常热闹。卡塔琳妮和木偶之间总是有说不完的话题，永远都不会冷场。但是，卡塔琳妮只顾着跟手里的木偶说话，冷落了周围的其他木偶，这可不是一位女主人应该做的事情啊。身为招待会的组织者，应该让每一位客人都感到宾至如归。不过，如果她发现某一位客人明显情绪不佳或需要帮助，她就会尽心尽力地陪伴着它。生活中的不幸有可能降临在每个人的头上，因此我们需要彼此帮助，互相援手。

在后面的几次招待会上，卡塔琳妮很快就发现了这一点。她开始给参与招待会的木偶客人准备点心和下午茶，主动向它们打招呼，逐一回应它们的话。如果遇到了腼腆害羞的客人，她还会给它们端来各种各样的小蛋糕，让所有的客人都感受到她的温暖。尽管这些蛋糕只是用泥巴捏成的，但是又有什么关系呢？所有客人都会承认，卡塔琳妮举办的招待会是最棒的！

13."伟大"的代价

这天，罗歇尔、马塞尔、贝尔纳、夏克斯和艾蒂昂一起前往热昂家，他们约好了要一起玩。他们穿过草地和田野，沿着一条宽阔的大路向前走去。

走在这条大路上，男孩子们自然而然走成了一排，这样的队形最适合让他们叽叽喳喳地说话。可是走着走着，他们就发现了不对劲——艾蒂昂的个子太矮了，腿也短，根本没办法跟上队伍。尽管艾蒂昂已经拼尽全力迈开大步，双臂甩起，聚精会神地盯着前方的路面，可是没过多久，他又被甩在了后面。

另外四个男孩子发出了窸窸窣窣的笑声，这几个孩子都比艾蒂昂大几岁，他们本应该照顾艾蒂昂，可是他们不但没有这样做，还像是合起伙来欺负他似的，故意迈开大步，越走越快，一门心思想要让艾蒂昂出丑。幸好，这样的状况很快就停止了，因为几个大孩子一眼看到了前方路面上的什么东西，他们不约而同地停下了脚步。

他们看到的是一只青蛙，一只蹦蹦跳跳的青蛙！这可是不容易见到的动物。几个孩子紧盯着青蛙看，他们发现它想从路边费力地跳向草地。罗歇尔、马塞尔、贝尔纳和夏克斯对视了一眼，他们同时明白了同伴的想法，那就是捉住这只小青蛙，将它带回家养起来。几个孩子放轻了脚步，蹑手蹑脚地跟着青蛙离开了公路，慢慢地走向了草地。

可是直到深入草地以后，他们才忽然回过神来，糟糕，草地深处是一大片软塌塌的沼泽地。他们一脚踏入，随着软泥慢慢下陷，越使劲挣扎就陷得越深，不一会儿，泥巴就已经没过了他们的膝盖。幸亏这几个孩子都是在乡间长大的，对付沼泽地有一套自己的经验，他们手脚并用，互帮互助，好不容易挣脱了烂泥，爬到了一旁的草地上喘着粗气。他们彼此看一看，发现对方浑身上下沾满了泥巴，都不由得哈哈大笑起来。

队伍最后的艾蒂昂跑得最慢，没能参与这一场"伟大"的行动。当他呼哧呼哧地跑到路边的时候，其他几个大孩子已经跟跄走出了草地，他们浑身上下都沾满了泥污，一个个都变成大花脸了。看到他们的这副模样，艾蒂昂也笑弯了腰。尽管他知道，自己不应该看到同伴落难就幸灾乐祸，可是，谁让他们非要跑得那么快，不等等自己呢？这就是"伟大"所应当付出的代价！等到罗歇尔、马塞尔、贝尔纳和夏克斯晚上回家的时候，他们的妈妈一定会大发雷霆，因为他们将衣服鞋袜都弄得一塌糊涂，而艾蒂昂呢，他将是这群孩子中唯一一个整洁干净的乖孩子！

最令艾蒂昂感到满意的一件事是，这群大孩子浑身上下都沾了泥巴，鞋袜黏糊糊、湿漉漉的，再也不能大步流星地甩开自己了。因此，在这条宽阔的大路上，几个孩子终于整整齐齐地站成了一排，谁也不能嘲笑谁了。

14. 学校

珍赛尼女士创办了一所"世界上最棒的女子学校"，在这所学校里，所有的学生都是彬彬有礼、勤奋刻苦的淑女。如果你在上学日的早晨走进这所学校，就能看见孩子们整整齐齐地坐在书桌前，精神抖擞、眼睛明亮。她们用求知的目光紧紧地盯着讲台上的老师，迫切渴求汲取知识。罗丝·本诺伊和爱美琳·加美莉都是这所学校的学生。

珍赛尼女士亲自担任她们的数学教师。每当上课时间，她就会披着一条又长又宽的黑色披肩，梳着紧紧的发髻，走进她们的教室。珍赛尼女士长得非常漂亮，可她总是沉着一张脸，使人一看就心生敬畏。

在珍赛尼女士的数学课上，学生们最担心的就是她的突击提问。一旦她开口提问，罗丝·本诺伊就会觉得浑身不自在，因为她不止一次地经历过那样尴尬的场面。

"十二减去四的答案是多少？罗丝·本诺伊，你来回答这个问题。"

就在罗丝·本诺伊努力埋下头，祈祷着珍赛尼女士不要看到自己的时候，她还是听到了珍赛尼女士的问话。

"我不知道……"罗丝·本诺伊局促地站了起来，结结巴巴地回答，"也许，也许是四？"

珍赛尼女士没有说什么，可是她的表情明显更加严肃了，她又看向了另一个学生："你来回答这个问题，爱美琳·加美莉，十二减去四的答案是多少？"

"是八！"爱美琳·加美莉脆生生地回答道。

"没错，就是八。"珍赛尼女士说，她有些不满意地看向罗丝·本诺伊，"你记住了吗？罗丝·本诺伊，这个问题的正确答案是八。"

罗丝·本诺伊怯生生地点了点头，她不敢再向珍赛尼女士提问了，可她其实一点儿都没有听懂。如果说正确答案是"八"，那么"八"指的是什么呢？根本没有一件真实物体可以被称为"八"，除非八顶帽子、八个苹果、八根羽毛或者八件衣服吧！罗丝·本诺伊皱紧了眉头，费劲地思考着这个问题。

在数学方面，罗丝·本诺伊的确算不上是一个聪明的学生，可是她很擅长学习语文和历史。当她还是个小姑娘的时候，她就能流畅地讲述所有的圣经故事了。她能绘声绘色地形容伊甸园的风景，讲述亚当和夏娃是怎样受到蛇的诱惑，偷食禁果，最终被上帝赶到人间。她尤其喜欢"诺亚方舟"的故事，将这个故事反反复复地读了很多遍。在这个故事里，人类和动物们面对着可怕的大洪水灾难，为了逃生，诺亚带着一些动物登上了诺亚方舟。每次读这个故事的时候，罗丝·本诺伊都会感到心潮澎湃。

罗丝·本诺伊还很喜欢看各种各样的寓言和童话，包括《狐狸与乌鸦》《毛驴与小狗》《公鸡和母鸡》，还有很多呢。

她确信许多动物都有说话的能力，只不过，只有和它们关系亲密的人类才能听懂动物的话。别的不说，就说罗丝·本诺伊身边的大狗和小金丝雀吧，罗丝·本诺伊能听懂它们说的每一句话，这可真奇妙！罗丝·本诺伊认为，这是因为她用心爱着小动物们，所以得到了善意的回馈，即使是在人类和动物之间，沟通也是很容易的一件事。

爱美琳·加美莉是罗丝·本诺伊的好朋友，和她不一样的是，爱美琳·加美莉非常喜欢数学课。她认为，不断变化的数字是世界上最有趣的东西。每一次数学测验之后，爱美琳·加美莉的分数都是同学之中最高的，满分也是经常的事。这天傍晚，爱美琳·加美莉回到家里，她有些困惑地问妈妈："虽然我能够在数学测验中拿到高分，但是这又有什么用呢？同学们为什么这么羡慕我？"

妈妈笑了起来，她摸了摸爱美琳·加美莉的脑袋，对她说："你的数学成绩虽然只是试卷上的一个分数，可它是你用刻苦学习换来的。如果没有付出辛勤的汗水，也就无法得到这样的回报。我的孩子，也许你现在还不明白荣誉的价值，但是你往后就会慢慢懂得了。

15. 芳绚

（1）

这天清晨，芳绚早早出门，前去村庄的另一头看望祖母。她肩上挎着一只装满糕点的竹篮子，脚下的步子走得又快又稳。芳绚是个聪明懂事的好孩子，每当她出门的时候，她总是会规规矩矩沿着大路走，从不溜到林子里抄近道，就算碰上了居心叵测的人，芳绚也从不理睬他们的花言巧语。她一路小跑，很快就穿过村庄，跑到了祖母家门前。

不等芳绚敲门，祖母已经推门迎了出来。原来，祖母一直坐在窗边眺望着门口的大路，她是在盼着芳绚的到来呢！芳绚紧紧地拥抱着祖母，将她带来的一篮子糕点都递了过去。

她的祖母年纪很大了，走起路来颤颤巍巍，脸颊和双手上布满了皱纹，整个人就像是一棵佝偻着的葡萄树。但是一看到小孙女芳绚，祖母的脸上就绽开了笑容，让芳绚也忍不住笑了起来。

祖母一辈子经历了不少颠沛困苦，但是当她和芳绚聊天的时候，她从来都不会提起过往那些艰苦的岁月。她总是说，过去的事情就让它过去吧，她只需要像一只晒太阳的蟋蟀，好好享受现在的安谧幸福就足够了。

在所有的孙子孙女里，祖母最喜欢芳绚，她觉得芳绚简直和年轻时的自己一模一样，而芳绚也最喜欢疼爱自己的祖母，就算陪伴祖母整整一天，她也不会感觉有一丁点儿厌烦。

"你长高啦，我的小芳绚。"拥抱结束以后，祖母摸着芳绚的小脑袋，欣喜地说，"几天不见，你简直漂亮得像是我花园里的一株玫瑰花！"

芳绚也叽叽喳喳地向祖母诉说自己的思念之情，她拉紧了祖母的手，扶她坐在沙发上，缠着祖母讲之前没有讲完的故事。祖母有一肚子稀奇古怪的故事，就连台灯的一个玻璃灯罩，她也能讲出一个跌宕起伏的故事，更不用说那个绘制着战争场面的壁画，还有爷爷亲自扛过的猎枪了。芳绚沉浸在这些故事的海洋里，经常将时间忘得一干二净。不知不觉，几个小时过去了，芳绚的肚子咕噜噜地叫了起来，到了吃午饭的时候了！

祖母拉着芳绚的小手走进厨房，点燃灶火，用平底锅煎起了鸡蛋。鸡蛋表面的颜色逐渐变得焦黄，散发出诱人的香味来，站在一边的芳绚忍不住直咽口水。她想，讲故事和煎鸡蛋，简直就是祖母的两大绝技！

祖母将鸡蛋盛到碟子里，又给芳绚倒上满满的一杯苹果汁，随后就坐在桌子对面，面带笑意地看着芳绚狼吞虎咽。祖母自己的午餐十分简单，几片面包就是她的一餐，她总是在厨房里做饭时就吃完了。

芳绚飞快地吃完饭，再次拉着祖母的衣角，央求她继续给自己讲蓝鸟的故事。蓝鸟这个故事讲述了一对年轻人的爱情。坏心眼的巫婆将一位王子变成了一只蓝鸟，蓝鸟每天都扇着翅膀，拼尽全力飞上一座高塔，站在高塔窗外发出呜咽的啼叫声，这是因为王子的心上人公主被凶禁在里面。

尽管这个故事有着悲伤的结局，但芳绚还是非常喜欢听，她缠在祖母身边，一遍遍问着："这是一个真实的故事吗，亲爱的祖母？它真的发生过吗？您亲眼见到过吗？"

"这我可没办法回答你，我的孩子。"祖母笑了起来，"就算它真正发生过，一定也是很久很久以前的事情了。在那个古老的年代，魔法还流传在我们这片大地上，所有的动物都会开口说话。蓝鸟的故事怎么不会发生呢？"

芳绚想象着那个神奇的景象，喃喃地说："真希望我能亲眼看一看啊……亲爱的祖母，那个时候，您还只是一个小孩子吧？"

"那时候我还没有出生呢，我的小宝贝。"祖母笑着摸了摸芳绚的脑袋。

"天哪！这个故事的年纪比您的年纪还要大！"芳绚惊呼了起来。

"没错，一个故事经常会流传几千年。以后你就会明白了。"祖母说。她将面包和苹果递给芳绚，说道："现在，去花园里玩一会儿吧。祖母要开始洗碗了。"

芳绚点点头，转身跑进了花园里。除了喜欢听故事，芳绚也非常喜欢亲近大自然，她喜欢呼吸花园里的清新空气，喜欢听鸟儿的婉转啼鸣，喜欢花花草草的芬芳，在她看来，祖母家的小花园比任何地方都漂亮！

（2）

芳绚坐在了小石凳上，一会儿就将苹果吃完了。她拿起面包打算继续吃，这时她才想起，不能吃得太快，不然，待会儿听祖母讲故事的时候，就没有零食可吃了。她从口袋里摸出一把小小的水果刀，把面包切成小块装进碟子里，跟祖母分着吃。

只不过，她刚刚把面包切好，一群不知从哪儿飞来的小麻雀就打乱了她的计划。麻雀们叽叽喳喳的，仿佛在呼朋引伴，不一会儿，二十只、三十只……一大群鸟儿涌进了祖母的小花园，围着她啼叫个不停。芳绚又是惊讶，又是高兴，这些鸟儿的羽毛色彩各异，叫声动听，非常惹人喜欢。

一开始，芳绚还没明白它们想要什么，不一会儿她就知道了，这些鸟儿飞来飞去，都在紧盯着那一碟小块的面包。

芳绚想起了有关盲人歌手的故事。那个故事的主人公是一位生活在海边的年迈歌手，他双目失明，身无分文，每天都沿着海边的山崖走下来，一边走一边深情地唱着牧羊人之歌。周围的人们都被他的歌声打动了，因此决定无偿为他提供面包。尽管芳绚面前的这些鸟儿并不是真正意义上的歌手，可它们的歌喉更加婉转动听，为什么不将这些面包喂给它们呢？芳绚这样想着，就拿起了装满面包的小碟子，将一些面包屑抛向了空中。果然，鸟儿们拍着翅膀飞过来，争先恐后地抢着食物。

芳绚很快就发现，不同的鸟儿有着不同的性格。有些鸟儿很有教养，它们会在芳绚的身边打转儿，等待着她撒下面包屑；有些鸟儿非常胆小，它们畏首畏尾，不敢飞到芳绚的手边；还有些鸟儿简直就是蛮横无理，如果芳绚不向它们撒下面包屑，它们就会猛地飞扑过来，抢夺她手里的面包。

"这可不行！"芳绚不高兴地驱赶着那些凶巴巴的鸟儿，但是那些鸟儿盘旋一圈，又飞了回来。尽管她希望所有的鸟儿都能得到均等的食物，但是事实证明，这些大胆的强盗鸟儿明显可以吃到更多的面包屑。

"喂，我希望你们都可以讲讲道理！"芳绚大声说，"大家排好队，一只一只过来吃，不好吗？"

鸟儿们可不懂得"排队"是什么意思，一旦芳绚撒出面包屑，它们依然会冲上去拼命抢夺。芳绚故意绕开了那些凶狠霸道的鸟儿，将食物撒在胆小的鸟儿身边，但是她的努力并没有取得任何成效，本应该属于胆小的鸟儿的食物依然被凶狠的鸟儿抢走了。

"唉，这一切真是让人遗憾。"芳绚将所有的面包屑都撒出去了，她摇了摇头，拍掉身上的食物残渣，"我要回房间啦，没吃到面包的小鸟儿们，真希望你们下次可以勇敢一些！"

芳绚转身回到了祖母的房间里，鸟儿们在花园里又飞了好几圈，这才依依不舍地离开了。

（3）

天色越来越暗，太阳即将落山了，芳绚也该动身回家了。祖母将芳绚的糕点篮子里塞满了苹果和葡萄，拉着她的手嘱咐道："快回去吧，我的好孩子，路上别搭理那些调皮捣蛋的孩子，早点儿回家才是最重要的！"

芳绚点了点头，她依然对下午碰见的小鸟儿们念念不忘，她天真地问道："祖母您说，巫婆会不会将公主变成鸟儿，驱赶她来吃我的面包屑？我会不会已经遇见了公主，自己却不知道呢？"

"不会的，芳绚。"祖母笑着吻了吻她，"我们所生活的世界上早就已经没有巫婆和魔法了，那些吃掉面包屑的鸟儿都是真正的鸟儿。"

"那么，我下次再来看望那些鸟儿。"芳绚轻快地说，她和祖母拥抱吻别，随即挎着篮子轻快地跑向门前的大路。在夕阳的映照下，远方的烟囱正在缓缓地冒着烟呢。

走着走着，芳绚遇见了邻居家的孩子安东尼，他是园丁的儿子，以往经常和芳绚在一块儿玩。

"芳绚！走得那么急干什么呀？来吧，我们玩一会儿！"

安东尼是芳绚的好朋友，他们经常在一起玩过家家、捏泥人。芳绚很想接受安东尼的邀请，可她看了看天色，又想了想祖母说的话，摇头道："谢谢你，但我要早点儿回家才行。送给你一个苹果吧，我们下次再玩！"

安东尼接过了芳绚的苹果，兴高采烈地和她挥手道别。

芳绚继续往回走，忽然，她听到了翅膀扇动的声音。发生什么事了呀？她一回头，叽叽喳喳的鸟儿叫声传来，原来是祖母花园里的那群鸟儿一直跟着她呢！芳绚向鸟儿们挥了挥手，笑着说："回去吧！等到下次见面的时候，我再给你们喂面包屑吃！"

鸟儿们绕着芳绚飞了好几圈，好像是在依依不舍地向她告别，这才陆续飞回了祖母的花园里。芳绚目送着它们离去，转过了身，连蹦带跳地朝着家的方向跑去。

（4）

夜深了，芳绚已经乖乖地躺在了自己的卧室里，将被子裹得严严实实。她躺着的这张胡桃木小床是由村里的木匠爷爷亲手打造的，栏杆坚固，花纹精美，芳绚非常喜欢它。她舒舒服服地闭上了眼睛，不一会儿就进入了梦乡。

芳绚梦到了王子变成的那只蓝鸟，它扇动着翅膀飞向高耸入云的高塔，竭尽全力想要再次见到公主。芳绚仰着脖子，目不转睛地看着蓝鸟的背影，喃喃地说："要是我也能拥有一只鸟儿，那该有多好啊……"

只不过，芳绚知道，王子变成的蓝鸟只会飞到公主的窗前，而她并不是一位公主。

"说不定，也会有普通的农家孩子被变成鸟儿呢？"芳绚展开了想象，"也许它一直生活在祖母花园里的鸟群中，碰巧就看到了撒面包屑的我。它会喜欢我的，一定会的！"

芳绚想起了鸟群中那只最瘦弱、最胆小的麻雀，也许它就是那个可怜的农家孩子呢？芳绚下定决心，如果它飞来找她，她就一定会吻一吻它！

忽然，梦中的芳绚眼前一亮，她看到了什么呀，窗外真的飞来了一只瘦弱的小麻雀！这只小麻雀灰扑扑的，羽毛稀疏，看起来平平无奇，可是它活泼地绕着芳绚飞来飞去，不停地蹭着她的手指，仿佛在撒娇。芳绚被它逗得笑了起来，她抚摸着小麻雀的小脑袋，小声问道："你就是被变成鸟儿的小孩子，对不对？你叫什么名字呀？"

小麻雀摇头晃脑，叽叽喳喳地叫唤着，它扇动着翅膀，忽然，翅膀伸长变成了手臂，小麻雀一下子就变成了人。他不是别人，就是芳绚的好朋友安东尼呀！

"安东尼，是你！"芳绚惊喜地叫道。

"是我，芳绚！来吧，让我们一起出去玩！"安东尼高兴地叫道。

芳绚一把拉住了安东尼的手，就在这一刻，她的梦醒了。芳绚迷迷糊糊地睁开眼睛，发现阳光已经暖洋洋地透进了房间里，无论是麻雀还是安东尼，全都无影无踪了。原来这只是自己做的一场梦！

芳绚被窗外叽叽喳喳的鸟鸣声唤醒，她兴奋地蹦下床，披着她的小睡衣，冲到窗边一把推开窗。哎呀，花园里好不热闹！玫瑰、天竺葵和喇叭花，个个都铆足了劲比美呢。

芳绚心里惦记着昨天那些被她喂面包屑的小家伙们——那些会唱歌的小朋友们。她探头一望，嘿，它们正乖乖排排站在围墙上呢，好像知道芳绚在找它们似的。鸟儿们叽叽喳喳，就像在唱着一首专为芳绚准备的早晨欢迎歌，好像是在说："谢谢你昨天的小点心哦！"

这画面，温馨又欢乐，新的一天就这样活力满满地开始了。

16. 苏姗与少女雕像

在繁华的巴黎市中心，藏着一个艺术的殿堂——卢浮宫博物馆，这里汇聚了成千上万件穿越时空的瑰宝。

其中，一块略显斑驳的大理石浮雕残片静静地诉说着往昔的故事。尽管岁月让它变得不再完美，但雕刻在上面的两位少女形象依旧楚楚动人，她们手持鲜花，仿佛是从遥远的古希腊走过来，向我们展示那份纯真与美好。她们交换的不仅是手中的黄绿色枣花——传说中的"忘忧果"，更是传递着一种超越言语的情感。

学者们围绕这对少女的秘密，查阅了成堆的书籍，无论是沉甸甸的书，还是珍贵的羊皮纸卷，甚至是少见的猪皮装订本，企图解开她们手持花朵之谜，却始终没有定论。直到一个阳光灿烂的日子，一位名叫苏珊的小朋友走进了卢浮宫，用她那颗纯真无邪的心，轻轻松松地道出了答案。在她的眼里，这些古老的雕像不是历史的见证，而是可以交流的朋友。

当苏珊的爸爸好奇地询问她为什么两位少女要互赠花朵时，苏珊笑着回答："她们一定是在庆祝彼此的生日，因为好朋友总是想要在特别的日子里分享快乐。你看，她们长得那么相像，就像是双胞胎，所以选择在同一天过生日，还送一样的花，这样才公平又有趣！"

说完这话，苏珊仿佛被自己的想象带入了一个梦幻的世界：那里花香四溢，绿树成荫，她正为想象中的好友杰奎琳的生日准备惊喜——采摘最美丽的花朵，再加上一个温暖的拥抱和一个轻柔的吻，就像那对石刻少女，用简单却真挚的方式，传递着友情的力量。

17. 潘笛

在一个小村庄里，皮埃尔、雅克和让这三个小伙伴肩并肩站着，眼睛瞪得圆圆的，盯着某个奇异之物，那情景就像是在玩一场只有三个音符的游戏。皮埃尔站在左边，个头高高的像棵小树；右边的让，则是个小小的机灵鬼；夹在中间的雅克，你说他高，他旁边有更高的皮埃尔，说他矮，他比让又高出那么一点儿。这就像咱们每个人，有时觉得自己很棒，有时又觉得挺普通，全看和谁比了。雅克正好处在不高不矮的中间，就像生活给他的特殊位置。

他们三个就这样呆呆地望着，仿佛被施了魔法。你猜他们在看啥？是远处一点点消失的奇迹，虽然已经远得看不见了，可那份光彩依旧让他们的双眼闪耀。这份奇景，让平时总爱摆弄鳗鱼鞭和陀螺的让都忘了玩耍，要知道，那可是他的宝贝，平时走到哪儿带到哪儿。皮埃尔和雅克也忘了动手动脚，手背在身后，满脸的震惊和好奇。

吸引这三个小伙伴的是啥呢？原来是一辆走街串巷的货郎车，那可是用手拉着的移动宝藏库啊！它曾停在村子前的路上，掀起了一场小小的风暴。货郎掀开车上油布的那一刻，就像打开了一个神奇的世界——亮闪闪的剪刀、有趣的气枪、活灵活现的木偶和士兵玩具、香喷喷的香水、五彩斑斓的肥皂，还有许多精致的画片，每一样东西都让村里的大人、小孩两眼放光。

村里的姑娘们，那些平时忙忙碌碌的农场和磨坊帮工，这时候也顾不上手里的活儿，露出一脸的向往。皮埃尔和雅克激动得脸蛋红扑扑的，让更是张大了嘴巴，满眼的不可思议。在他们眼里，这些货物简直就是天外之物，尤其是那些神秘莫测的小玩意儿，比如，能把人脸变戏法似的扭曲的透明玻璃球，那些印着奇奇怪怪人物的漂亮画片，还有那些藏着未知秘密的小盒子。大人们会买些实用的镶边带和蕾丝，然后，货郎再次把宝贝盖好，肩负起车辕，继续他的旅程。

现在，货郎和他的车已消失在地平线的那一边，看不见了。但那份惊喜和好奇，却像一束光，留在了这三个孩子的心中。

18. 阅兵仪式

雷内、伯纳德、罗杰、雅克、艾蒂安，还有弗朗辛，他们共同怀揣着一个梦想：成为光荣的士兵，保卫家园，赢得人们的尊敬与爱戴。在他们眼中，士兵们身穿笔挺的制服，肩章闪闪发光，佩戴着耀眼的佩剑，是无上的荣耀象征。他们敬仰士兵们甘愿为国捐躯的伟大精神，每一次看到士兵们列队行进，都让他们心潮澎湃。

孩子们自发地组成了一个小小军团，雷内扮演着将军的角色，头戴纸制的三角帽，骑在"战马"（实则是一把椅子）上发号施令，威风凛凛。他的部队虽小，却有鼓手伯纳德助阵，士兵们整装待发，弗朗辛和罗杰尤为神气。而雅克，这位梦想家，虽然不够勇猛，但他内心深处的坚毅不容忽视。小艾蒂安虽怀揣将军梦，却因年龄和现实的差距感到失落，心中充满复杂的情绪。

在他们自导自演的"战役"中，一把普通的椅子成为"敌人"，轻轻一碰便倒下，象征着孩子们心中敌人不堪一击的形象。随着雷内的指挥，这场"战役"迅速告捷，随之而来的是"战后"的欢庆——一顿丰盛的"军粮"等待着他们：葡萄干蛋糕、咖啡蛋糕、奶酪饼干、巧克力和果酱，让每个"士兵"都大快朵颐。

唯独艾蒂安沉浸在自己的思绪中，对将军的佩剑和军帽充满了渴望。

　　他悄悄地，带着对权力和荣耀的幻想，将自己装扮成了将军的模样，站在镜子前，体验着那份既孤单又充满希望的"野心"。这一刻，他体会到了梦想与现实交织的微妙情感，既有对未来的憧憬，也有对现实的无奈。在这个小小的世界里，每个孩子都在用自己的方式探索、体验着成长的酸甜苦辣，以及对英雄主义的理解和追求。

19. 人生的半途

　　今晚，我站在人生的半途，心里反复回荡着但丁《神曲》开篇的那句话。以前，这些话只是文字，而此刻，它们深深触动了我，让我感受到了一种超越时间的美。想象一下，但丁在十四世纪的晨曦中，踏上他的心灵之旅，我仿佛与他并肩，一同走在人生的半途。

　　记得年轻时，我对"人生过半"这事儿只是有所耳闻，但从未真正体会到它的含义。那时候，我把生活想得跟去芝加哥旅行一样简单，不需要太多规划。可现在，当我站在这座人生的山丘上，回头眺望，那些匆匆走过的日子像放电影一般在脑海中回放，我开始懂得了但丁诗句中的深意。于是，我伴着炉火，静静地坐着，任思绪在过往的记忆中流淌，享受这个宁静的夜晚。

　　夜晚，总让人觉得死亡是那么渺小，而温馨的氛围又轻易勾起我对往事的怀念。在这样的暗夜，连那些羞涩的回忆之灵也悄悄靠近，轻声细语在我耳边诉说着往昔的秘密。房间里，灯光昏黄摇曳，门外透进一丝柔和的光线，伴随着均匀的呼吸声，分不清是妻子还是孩子的。我默默地说："晚安，亲爱的家人，好好休息，因为明天我们还要继续前行。"

说到"明天"，这个词仿佛自带魔力，让我心生无限憧憬，满是对美好事物的期待。它就像一扇窗，让我瞥见未曾触及的风景，轻声呼唤："来吧，探索吧！"未来的生活，尽管未知，却如此诱人，我对它充满了信任，像爱一样坚定。即便生活有时显得不那么仁慈，我依然感激它给予的温柔时刻，它赠予的宝贵，远超我所求。

当然，我也有过迷茫和恐惧，尤其是面对"明天"，偶尔会感到忧虑。不过，即便如此，我对生活的热爱从未减退。当看见生命之光照耀在我所爱之人的脸上，我坚信生命是美好的，并为它献上祝福。有时候，即使是极小的失去也能触动我，让我感到生命的脆弱与神秘。回忆，真是个神奇的东西，它能让过去重现在眼前，其魅力不亚于预见未来，甚至更加温馨。

所以，就让我们在这样一个安宁的夜晚，添一把柴火，让炉火烧得更旺，温暖身边的人。晚安，亲爱的，安心睡吧！我以童年那些简单而美好的记忆，为你们每个人祈福。让我们在梦中再次相遇，共同编织更多温馨的回忆。

20. 童年的记忆

有些人说自己对童年的记忆一片空白，这总让我诧异不已，因为我的幼年时光如同珍藏的胶片，虽片段零星，却因某种魔力，在记忆的迷雾中熠熠生辉。尽管我尚年轻，未及迟暮，那些珍贵的瞬间已穿越时空的长廊，鲜活地向我走来。

今日之世，被过往文明的光辉装点得分外耀眼，拂晓的阳光铺满大地，仿佛一切同我般初醒。假使我为原始之民，或许会误认这世界亦与我同龄，尽管你可能觉得它已饱经沧桑。遗憾的是，我非原始之民，故此，世界并不与我同岁。书籍告诉我地球的古老秘密和生物的悠久历史，只有将我个人短暂的岁月置于这宏大的时间轴上，方能体会自身存在之渺小，以及幼时卧于摇篮中的那份纯真。

那座废旧的房屋，如今已成为空壳，为了新兴建筑将被拆除，它曾是我父亲的居所。我的父亲，一位谦卑的医生，对自然与历史遗物有着不凡的热情。孩童没有记忆吗？我分明记得那间覆以绿色蔓藤壁纸和多彩印花的房间，后来才意识到，壁纸上的图案竟是圣保罗于黑水旁托举圣母的场景。

正是在这房间里，我踏上了无数奇妙的探险。提及摇篮，它白天置于房间一隅，夜晚则由母亲移到中央，紧邻她的床畔。母亲床头垂挂的厚重帷幔，总让我心生敬畏。每晚入睡前，我总会例行公事般上演一场哭笑不得的戏码：撒娇、哭泣、讨吻，一个环节也不能少。而穿着单薄衣衫的我，会像小兔般在家中躲藏，直至母亲在桌椅间逮住我，将我轻轻抱上床铺。

那些时光，何其欢乐！然而，一旦我乖乖躺好，一群看似陌生却又熟悉的面孔便开始在周遭游荡。就在昨天，漫步码头时，我在一家画廊偶遇一本关于此类奇异图案的书籍，出自洛林的雅克·卡洛之手。他以精细的技艺织造出这些既坚固又精美的作品，风靡一时。我幼时的邻居米尼奥，身为版画商人，家中墙上便满满当当贴着这类图样。每日往来经过他家的窗前，我总免不了凝视良久。以至于夜晚降临，闭上眼，那些奇形怪状仍在眼前盘旋。

雅克·卡洛，你的创造真是奇迹！这本小册子如同一把钥匙，打开了我尘封的记忆之门，让那些模糊的影像再次变得鲜明，仿佛灵魂深处扬起一阵芬芳的尘埃，爱与记忆的轮廓从中穿梭，那些我深爱的脸庞，又一次生动地浮现。

21. 一朵玫瑰

我们家以前住着一栋特别的房子，里面摆满了各种奇特的玩意儿。墙上画着勇敢战士的手臂，上面还有头颅的图案，看起来既神秘又有点儿吓人。屋里还有一些玻璃箱，里面装着小鸟、鸟窝、五彩斑斓的珊瑚，甚至还有些小得可怕的骨头。

我小时候一直纳闷爸爸怎么会对这些看起来有点儿吓人的东西感兴趣，后来我懂了，他享受的是收集这些东西的乐趣。他追求知识，热爱探索，总想把每个柜子都塞得满满的。他说，为了科学研究，没有什么是不可能的。这不仅是他的口头禅，也是他的信念。实际上，他就是个收集狂。我们家几乎每个角落都被自然历史的宝贝占领了，只有那间小小的画室是个例外。那里没有蛇皮、龟壳或奇怪的骨头，也没有箭矢和斧头，有的只是满屋子的玫瑰，墙壁上都画着一朵朵美丽的玫瑰，每朵玫瑰都小巧玲珑，好看极了。

妈妈也很喜欢这些玫瑰花，她经常待在画室里做手工。

我记得自己常坐在地上，脚边是一只缺了一条腿的小羊玩具，它没能成为爸爸收藏里的成员。我还有一个胳膊可以动的娃娃，散发着淡淡的香味。我的童年充满了想象，我常常拉着小羊和娃娃编故事，自导自演各种情景剧。我喜欢把这些小故事和妈妈分享，虽然那时候的我并不期待她能完全理解。大人似乎不太能跟上我的奇思妙想，妈妈听我讲故事时，总是显得有些心不在焉。她很少真正听进去，这使我偶尔有点儿失望。但她有个绝招，每当这时候，她就会用那双温柔的大眼睛看着我，亲切地叫我"小宝贝"，这总能让我心里暖洋洋的。

有一天，在那温馨的画室里，妈妈放下手里的活儿，把我搂进怀里，指着墙上的玫瑰说："我要送你一朵玫瑰。"说着，她用小刀在墙上的那朵玫瑰旁刻了个小十字，作为标记。那一刻，我觉得那是世界上最棒的礼物了。

22. 幸福

我沉浸在无比的幸福之中，那种感觉就像是被最温暖、最慈爱的巨人包围着——我的爸爸、妈妈和亲爱的奶妈，他们像世界的守护者，稳如磐石，无可替代。

我深信，有他们在，任何邪恶都靠近不了我，让我觉得很安心。妈妈教我，信任是没有界限的，每当回味这份纯真而神圣的信任，我就好想给小时候的自己一个大大的拥抱。如果有人懂得，在这复杂的世界保持心灵的纯净有多难，就会明白我为何如此珍视这些回忆，近乎痴迷。

是的，我很幸福。如今，好多熟悉又神奇的东西填充着我的想象，尽管它们本身或许微不足道，却是我"生命拼图"中不可或缺的部分。每一个小小的生命，包括我，都是这个世界独特而宝贵的存在，哪怕是小狗狗也不例外。请别笑话我这么说，如果你觉得好笑，那就给我一个友善的微笑吧，并想想这句话：每个生命都有它存在的意义！

能够用双眼探索世界的奇妙，用双耳倾听世界的旋律，这就是我的小确幸。妈妈那个神秘的玻璃橱柜总让我充满好奇心，里面到底藏着什么呢？布匹、香包、纸盒，还是别的什么秘密？妈妈似乎对盒子情有独钟，家里各种大小的盒子应有尽有。她越是不让我碰，我就越是对那个玻璃橱窗充满无限遐想。

至于玩具，我曾经的宝贝们已经无法满足我，反而是那些想象中的新奇玩具让我心驰神往。想象中的玩具，总是那么完美无瑕！还有一件乐事，就是用简单的铅笔或钢笔勾勒出的线条和人物，比如，我画的士兵，圆滚滚的脑袋戴着军帽，帽子压得低低的，刚好遮住眉毛，再添上几根羽毛装饰帽子和袜子，足以让我得意好久。但更让我痴迷的是，生活中的一切集合：房屋、空气、阳光……我热爱这一切！

没错，我是幸福的。不过，曾经我特别羡慕一个名叫亚方斯的孩子。他妈妈在城里给人洗衣为生，而亚方斯总是在院子或河边自由自在地游荡。透过窗户，我可以看到他那一头乱糟糟的黄发和晒得黝黑的脸蛋，穿着破旧的短裤和不合脚的靴子，在水沟旁快乐地走来走去。我多么希望自己也能那样无忧无虑地探险。

我羡慕亚方斯不用学习枯燥的语言，不必担心弄脏衣服被责备，也不必对着冷漠的人问候早安。尽管他没有精致的玩具，却能捉麻雀，和流浪小狗做朋友，甚至跑到马厩与马儿亲密接触，直到被马夫笑着驱赶。他拥有的是自由和无畏。那个院子仿佛是他的王国，他抬头望向我的窗口，就像人们望着笼中鸟，那份自由让我心生向往。

这个院子总是那么热闹，小动物络绎不绝，好像永远也不会安静下来。我们的大房子就在院子的南边，墙上爬满了老葡萄藤，还挂着一个陈旧的日晷，而日晷上的字迹已经被太阳晒得模糊了。

我最喜欢看日晷的影子在石板地上慢慢移动，那感觉就像是时间在跟我玩游戏。这样的大院子要是放在现在的巴黎，肯定会让很多人惊讶，毕竟现在人们住的地方小得可怜，就算是住在五楼，望出去也只看得到一小片天空，这大概就是时代的变化吧，但总感觉哪里不太对劲。

每天早上，院子就像个大舞台，女佣们提着水壶在水泵旁忙活，厨师们六点准时出现，边洗菜边和马夫聊天，好不热闹。有一天，为了修理院子，石板全被掀开了，正好赶上下雨，整个院子变得泥泞不堪。亚方斯在泥地里玩得正欢，整个人都快变成泥人了，但他看起来特别开心，正卖力地帮忙搬石板。他看见我在二楼窗边，就冲我招手，让我下去一块儿玩。我心里痒痒的，反正房间没啥好玩的，门也没锁，就偷偷溜下去了。

"我来啦！"我喊着亚方斯。

"快来帮我搬这块石板！"他朝我喊，样子有点儿狼狈，声音粗犷。我听他的，刚要动手，石板就被别人搬走了，紧接着奶妈就出现了，奶妈把我拎起来，又是擦手又是数落，说我不该跟亚方斯那样的"野孩子"混在一起。妈妈却说："亚方斯也是个普通孩子，他的命不好，但不是他的错。不过，有教养的孩子确实不该和没教养的孩子一块儿玩。"

我虽然小，但心里明白事理，妈妈的话让我想起了迦南，诺亚的孙子，那个因父亲做错事受诅咒的孩子。我对亚方斯的感觉变了，不再羡慕他的自由自在，反而觉得他挺可怜。妈妈说的"命不好"，让我心里有点儿难受，但也让我对他多了份同情。妈妈，你说得对，我记住了，那些不幸的人，他们并不坏，只是命运不同。这件事让我对亚方斯有了更深的理解，至少我学会了同情。

后来有一天，他逗弄一只鹦鹉，我远远地看着他，心里想，我该怎样表达我的关心呢？想亲他，但看他那满脸的泥巴，又退缩了。送玩具？可我的木马都缺胳膊少腿的。送花？又怕他不喜欢。突然我灵

光一闪，转到厨房，有了！厨房架子上有好多葡萄，我赶紧爬上去拿了一串，又大又绿，还微微泛黄，看上去就很好吃。

我找来一根线，把葡萄穿起来，从窗口放下去给亚方斯。他一把抓过葡萄，还连带着线，抬头冲我做了个鬼脸，就跑了。我本想生气，可转念一想，算了，至少我没去亲他，那样可能更尴尬。人嘛，自尊心得到满足，别的也就无所谓了。

最后，我还是决定告诉妈妈这件事，虽然她可能会责备我，但我知道，她其实是赞同我这样做的。妈妈告诉我，要懂得正确地给予，用自己的东西帮助别人。"这才是幸福的秘密。"爸爸补充道，但这样的道理，很多人都不明白。爸爸真是个懂生活智慧的人呢！

23. 黎明絮语

这些冬夜里的想法，就像是我脑海中最宝贵的初雪记忆。我该把它们像蒲公英种子一样，轻轻吹散在风中，还是细心收藏，不让它们遗失呢？我想，就连那些隐形的幽灵，也会在这些思绪里找到它们钟爱的小食。

记得那位知识渊博又极富才情的利特雷先生认为，每个家庭都应该有自己的故事书和道德的传家宝。他曾说："哲学教会我珍视传统，告诉我保存过往的一切是多么重要。有时我会遗憾，要是从前的普通人能记录下家里发生的重大事情该多好。家庭若是延续不断，这份记录就会成为代代相传的宝藏。不管它们能否清晰地流传至今，人们对这样的记录总是充满好奇。就算那些想法和经历已随风远去，只要我们用心感受，依然能从中汲取营养。"

所以，我决定遵循那位睿智的老哲学家的智慧，把这些记忆留住。它们是诺茨埃尔家族故事的起点，是我们根深叶茂的基础。

别小看了过去的每一份记忆，正是因为有了它们的滋养，我们才能有力量筑起明天的高塔。就像大树需要深深的根系来支撑枝繁叶茂，我们也同样需要记忆的土壤，来滋养未来梦想的花园。

24. 香桃木林

（1）

孩童时期的我，就展现出了超乎常人的聪颖，但十七岁那年，我仿佛陷入了思钝的泥潭。那时的我，总是在紧张中度过，举手投足间不自觉地汗湿前额，尤其在女士面前，更是局促不安。

进入高年级，我开始研读《效法基督》，并深深沉浸于其教诲之中。记忆犹新的是书中那句新颖而富有启迪性的话语，经由高乃依之笔传达："避开女性的干扰，以免敌人窥见你的软肋。赞美至高无上的慈悲。"

我接纳了古老智慧与神秘主义的指引，却在实践上背道而驰。或许，我应当追求更为含蓄深远的交往方式。

在母亲的社交圈内，有位女士格外引人注目，她来自一个令我向往的地方，与她交谈总让我沉醉——她是著名钢琴家阿道尔夫·冈斯的遗孀，名叫爱丽丝。尽管在我的视野里，她只是一个闪烁迷离的丽影，我无缘得见她的真容，但她在我心中，比梦境更迷人，比凡尘女子更令人倾心。母亲常说，冈斯夫人的魅力无须赘言，对此，父亲总是报以半信半疑的微笑，或许他也同曾经的我一样，无法理解冈斯夫人带给人的美好感觉。

冈斯夫人对我有着双重魔力：她的美丽既温暖亲切，又令人畏惧。有一晚，她在父亲的宴会上翩然而至，举止间透露出高雅与不经意的傲慢，对待男士们如同赏赐麻雀面包屑，偶尔又流露出冷漠与不屑，扇动着手中的扇子。如今想来，那是她独特的风情万种。当她在画室与众人交流，众人的目光，甚至包括我这样的默默无闻者，始终无法从她身上移开。在凝望中，我似乎捕捉到了她眉宇间一抹不易察觉的忧伤。我的心因此而柔软。她被请求演奏，一曲肖邦的夜曲流淌而出，那是我听过的最美妙的旋律，犹如她细腻的手指轻触我的耳畔，带来神圣的慰藉。演奏毕，我不由自主地走向她，紧随其后坐到她身旁，沉浸在她周身的芬芳中。她询问我是否喜爱音乐，那声音让我战栗。我抬头，与她四目相对，那一刻，我几乎要融化。

"是的，先生。"我恍惚中回应。

尽管地球未因我内心的祈愿而裂变，自然界的冷漠对人类的热情恳求无动于衷，那夜归寝后，我仅能自我苛责，将自己定义为愚钝与无礼之人。第二天早晨，长久的沉思并未减轻这份苦楚，我深陷其中无法自拔。

"你的意思是，她美得足以令琴键低吟，而你所能吐露的仅是那两句荒谬的字眼：'是的，先生。'在澎湃情感面前，这样的回应何其苍白无力。皮埃尔·诺茨埃尔，你真是个十足的蠢材！废物！最好躲起来不见人！"讽刺的是，就连这份自责我也未能妥善处理。无论身处校园、课桌旁，还是漫步街头，我皆如出一辙。与同窗嬉戏，至少尚存一丝尊严的假象，但面对母亲的朋友，我便沦为最卑微的存在。《效法基督》的教义于我而言，此刻显得尤为贴切。

"多么实用的忠告！"我暗自苦笑，"那决定性的夜晚，冈斯夫人以诗一般演绎肖邦夜曲，空气都在震颤。若我遵循书中之道避开她，便不会遭遇那尴尬的提问，更不至于愚蠢地回应'是的，先生'。"

那句"是的，先生"，如魔咒般在我耳边回荡，那段记忆如梦魇般纠缠不休，抑或某种心理扭曲仿佛使时光凝固，那不可逆转的一刻被无限放大。我的灵魂并未受到悔恨的折磨，相较于彼时的感受，悔恨竟显得甜蜜。约莫六周的时间，我深陷沮丧的深渊，直到父母察觉到我的灵魂仿佛游离于体外。更可悲的是，我的思想勇敢无畏，行动却胆小如鼠。

年轻人的智慧通常未经磨砺且摇摆不定，而我当时的想法却顽固得难以动摇，自信握有真理的钥匙。独处时，我激进且反叛；孤独中，我无所畏惧地探索！此后的转变巨大，我不再过分敬畏同龄人，力求在智者与非智者之间自如行走，尊敬前者的同时，对后者也能泰然处之。但为了让你更好地理解，我还需讲述一些十七岁那年发生的趣事，它们展示了羞涩与大胆的奇妙融合，助我挣脱了最可笑的自我束缚。

六个月过后，我靠着自己的勤奋，完成了修辞课的学习，爸爸为了奖励我，安排了一次旅行。他联系了一位为人谦和、值得信赖的朋友，那位朋友在名叫圣帕特里克的小镇当医生，而那个小镇就坐落在诺曼底海边，背后是郁郁葱葱的森林，前面是缓缓倾斜至两座悬崖间的沙滩。我记得当时的沙滩，空旷又孤寂，那也是我初次遇见大海的记忆。森林的静谧带给我无尽的安慰，让我痴迷。我骑着自行车穿梭在林间小道，在海边几乎半裸着漫步，心里好像在寻找什么触手可及却又无形的东西。那时候，我并不清楚自己到底在寻找什么。

我常常独自一人，莫名地哭泣，有时又会突然觉得心满意足，甚至想就这样平静地离开这个世界。简而言之，我内心充满了困惑和不安。但世上还有什么苦楚能比得上我当时内心的挣扎呢？没有！我对着那些树倾诉，它们的枝叶轻轻拂过我的脸庞；我向着那片悬崖呼喊，我曾在那儿攀登高峰，只为目睹夕阳沉入海平线的壮丽。那片海，就像一面镜子，映照出我的内心世界。没有什么病痛能比得上那股莫名的渴望，也没有什么能与青春时期的蒙眬梦想相提并论。如果渴望能让事物变得美好，那么那份未知的渴望，则让整个世界都充满了魅力。

尽管我自认为聪明，但在面对某些事时，我还显得不够老练。或许，我还需要更多的时间去磨砺自己，学会从生活中而非诗人的笔下找寻答案。即便如此，我从小就对诗歌情有独钟，直到现在依然如此。

十七岁时，我迷恋维吉尔，仿佛他的每一句诗我都能感同身受，无须教授的讲解，字句间的意义便自然流淌进我的心里。节假日时，我总会在口袋里揣一本维吉尔的诗集，那是一本价格亲民的英文版，至今我还保留着它，如同珍藏一切珍贵之物。每次翻开它，总会有干枯的花瓣从书页间滑落，其中最久远的那片，正是我在圣帕特里克镇那段不算快乐的日子里，从森林中拾取的。某天，我沿着森林边缘漫步，享受着新割稻草的清新气息，海风轻拂，带着咸味的海水触碰我的唇边，一种难以抗拒的疲惫感涌上心头。我坐下，长时间地休息，望着天空中云朵变幻。出于习惯，我掏出了维吉尔的书，开始阅读：

"此处，隐秘的林间空地掩藏着那些人，他们因爱而喝

下致命的毒药，周围香桃木的树荫斑驳。"

"周围香桃木的树荫斑驳……"哦，天哪！我懂了！我认识那片香桃木林，尽管我不知道它的名字。是维吉尔点醒了我，让我明白那份困扰我的情感是什么——是爱。只是那时，我还不知道我爱的是谁。

然而，到了冬天，当我再次遇到冈斯夫人时，所有的谜团都有了答案。

不用多说，你们这些聪明的朋友肯定猜到了，我心中的那个人就是冈斯夫人。哎，真是够讽刺的！我曾经嘲笑过的女孩，现在却成了我心仪的对象，而且我给她留下那么差的第一印象。真是让人绝望啊！但绝望这东西，早就不是什么新鲜事儿了，就像轮船的汽笛声，虽然哀伤，听多了也就不觉得有多特别了。

我没有选择去做什么惊天动地的大事，既没有躲进深山老林里修

行，也没有去世界的尽头孤独漫步，更没有冲着凛冽的寒风掉眼泪。我只是默默地承受着这份忧伤，继续我的学业，直到毕业那天。就连毕业的喜悦，也因为冈斯夫人的影子和声音而变得复杂起来。我对自己默默地说："在这个世界上，我只爱她；而在这个世界上，我却是她最不愿见到的人。"

每当她弹奏钢琴时，我总是忍不住靠近，静静地聆听，目光不自觉地落在她雪白颈项上那随音符跳跃的发丝上。为了避免再像上次那样傻傻地说出"是的，先生"这样的话，我决定再也不主动跟她讲话了。可没过多久，生活迫使我要做出一些改变，而在我还没能打破那个誓言之前，冈斯夫人就已经离我远去了。

（2）

今年夏天，我在山间的一个温泉休养所和冈斯夫人重逢了。五十年，这么久的时间，悄悄在她那曾经甜美、让我心动的脸上刻下了印记，那是一段我生命中最炽热爱情的见证。尽管时间在她面容上描绘了年轮，但她的美，依旧带着一份不动声色的高雅。我，已是满头银丝，或许早该放下少年时那些天真的执念。于是，我缓缓地走向她，深深行了一礼，轻轻说："冈斯夫人，好久不见。"

那种年轻人的冲动早就不在了，我的声音平和，脸上写满了从容。而她，一眼就认出了我。那些共有的记忆像一条看不见的线，紧紧联结着我们的心。接下来的日子，我们总是待在一起，聊着过去，一聊就是大半天。

我们一起回味旅行的点点滴滴，仿佛又回到了那个热血沸腾的年纪。很快，我们发现了新乐趣，找到了新的共鸣点。我们彼此分享着生活里的小忧虑和小困扰，这些成了我们对话的新主题。

每天早晨，我们坐在花园的绿椅子上，沐浴在阳光下，从关节炎谈到那些微不足道的小毛病，好像总有说不完的话。当然，偶尔我们也会穿插些往日趣事，给平静的生活添一抹亮色。

25. 雄鸡

直到她满十五周的那天，苏珊娜还未曾踏上探寻美的旅程。转折发生在一家弥漫着怀旧气息的餐馆里，这里装饰着一系列复古风物：典雅的瓷盘、石罐、锡制酒壶，还有自助餐台上的威尼斯玻璃杯，这一切都是苏珊娜母亲精心布置的，营造出一种新颖的古董风情。在这复古氛围中，身着白色刺绣连衣裙的苏珊娜显得格外清新脱俗，优雅非凡。见到这一幕，任谁都会不禁感叹："瞧，在这儿，一个小小的存在也足以让一切焕然一新。"

然而，这些古董与艺术品并未引起苏珊娜的兴趣，无论是墙上暗淡的旧画，还是硕大的铜盘，都无法吸引她的目光。未来，这些历史遗物或许会在她幼小的心灵中激发出奇异、有趣而又迷人的想象。她会用自己的方式解读它们，为日常生活添上一抹奇妙色彩。我愿意为她编织一个个奇特而贴近真实，又比历史本身更为生动有趣的故事，我知道她一定会沉迷其中。我希望这些故事能如甘霖般滋润每一个我所爱之人的心田，哪怕是最小的欢笑，如同小酒神藏匿于木桶中那般不经意，也能使她展颜。

那个十五周纪念日的清晨，天空透出温柔的灰色，窗外旋花与野花交缠，点缀出点点星彩。午餐后，我与妻子漫无目的地闲聊，时间宛如静谧的河流悄然流逝，每一句交谈都是投向时间深处的涟漪。我们的谈话似乎围绕着苏珊娜那双变幻莫测的眼睛。

"它们是蓝色的，没错。"

"又似乎带有古金币或洋葱汤的色泽。"

"还透着一丝绿意呢，确实。"

"这一切都是真的！多么神奇的眼睛啊！"

正当此时，苏珊娜被保姆带进来，她的眼眸与当天的天空同色，一片柔和的灰色。如果追求潮流，保姆最好是一位专业的护士，但苏珊娜却像拉封丹寓言中的小羊，享受着母乳的滋养。若按乡村传统，我们本该找一位头戴饰针与丝带的保姆，她不哺乳，只负责照料一切。那时候，孩子喝牛奶，饰针与丝带是给外人看的。有些无法哺乳孩子的妈妈会找一位奶妈来帮助自己，以此维系颜面。但在喂养苏珊娜的问题上，她的母亲很粗心，从未考虑过这些合适的方案。

苏珊娜的保姆是一位来自小农场的姑娘，她在家那边同时照顾着七八个弟弟。每天从晨曦到夜幕，她总爱哼唱着洛林地区轻快的民谣。有一天，我们安排她休假去巴黎看看新鲜事物，回来时她满脸兴奋，谈论最多的竟是那些精致小巧的胡萝卜，其他事物似乎都没能入她的眼。她甚至在给家里的信中也提及了这些胡萝卜。正是这份纯真质朴，让她和苏珊娜之间形成了特别的默契。苏珊娜呢，除了对灯光和桌上摆设的酒瓶感兴趣，别的都不怎么在意。每当她被抱进餐厅，嘿，整个空间仿佛都被快乐填满了。我们会对着她笑，她也会用笑脸回应我们。相爱的人，总是能用最简单的方式传达最深的情感，不是吗？

在某个温暖的夏日早晨，妈妈穿着宽松的长袍，手臂轻轻一抬，袖子便滑落下来，露出细腻的肌肤。这时，苏珊娜也模仿起妈妈，伸出她那胖乎乎的小手，手指从袖口探出，就像是五束粉嫩的光。妈妈眼里满是幸福，轻柔地将苏珊娜抱到腿上，我们三个就这样沉浸在简单的快乐之中，也许正是因为我们没有想太多。但这样的温馨场景没能持续太久，苏珊娜突然朝桌子前倾，圆溜溜的眼睛瞪得老大，小手胡乱拍打，显得既好奇又有些惊慌。她的眼神里，有着一种难以言喻的聪明劲儿，那是每个初来乍到的孩子特有的神情。随后，她像受惊的小鸟一样叫了起来。

"可能是别针扎到她了，"妈妈笑着猜测，"这些别针松了可真不容易发现，苏珊娜身上就有好几个呢。"其实不然，是她对美的追求在悄悄发芽。

"才十五周大就知道什么是美？开什么玩笑！"你可能会这么想。不过，让我们继续看下去。苏珊娜成功地从妈妈怀里挣脱，小手在桌面上摸索着。她咿咿呀呀地嘟囔着，最终抓到了一个盘子，那上面画着一只红公鸡，是斯特拉斯堡乡村工匠的手艺。苏珊娜想得到这只公鸡，不希望它被当作食物对待。她想要它，显然因为她觉得它好看。我把这个简单的想法告诉了她妈妈，她却说："太荒唐了！如果苏珊娜能自己拿到盘子，她第一反应肯定是往嘴里塞！我看你们这些自认为聪明的人，反而不懂常识。"

我笑着回应："当然，她会想尝尝，但这正好说明，目前她最发达的是用嘴探索世界的本能。先动眼后动嘴，这是成长的自然顺序！现在，她的嘴巴是她探索世界的主要工具，因为嘴巴已经学会了感受事物，用得很到位。听我说，你的宝贝女儿真是个聪明的小家伙。她会试着把盘子放入口中，但这正是因为盘子的外观吸引了她，而非它是否好吃。你仔细观察，很多小孩子都会有这样的表现，甚至我们在成人世界里也常用'囫囵吞枣'这样的比喻来形容对美好事物的急切欣赏，不论是诗歌、画作还是歌剧。"

正当我谈论那些站不住脚、哲学界却津津乐道的话题时，我发现他们用的词真是让人费解。这时，苏珊娜小宝贝正忙活着，她用小拳头一下下轻敲着盘子边沿，小指甲在上面轻轻刮来刮去，嘴里还咿咿呀呀的，时不时想翻动盘子，让人捏着一把汗，生怕它哐当一声碎成片儿。她做得并不怎么熟练，动作也不太准确，但即使是简单的动作，不经过练习也很难做好，对吧？何况是个才十五周大的小宝宝，她能有什么习惯呢？想想看，要让你的小手指动一动，身体里那些复杂的神经、骨头和肌肉得多么巧妙地合作啊！如果以为操纵木偶那样简单就能理解人的行为，那可真是太天真了。

"亲爱的，你可能觉得她还不懂事，但实际上她挺聪明的。见到好看的东西，自然就想据为己有，这是人的天性，法律也保护这种欲望。就像吉卜赛人说的，'看就是想要'，这观念挺稀罕的。要是大家全凭自己喜好做事，哪还有文明呢？咱们可能会像巴塔哥尼亚人那样，不穿衣服，也不需要艺术。但你肯定不同意那样的生活，你连树枝下绣着鹳鸟的旧挂毯都想收藏，想让家里到处都挂满这种装饰。我不会跟你争这个，但你得明白，苏珊娜和盘子里的公鸡图，那可不是一回事。"

"我太了解她了。她就像那个想要桶里的月亮的小皮埃尔，最后也没得到月亮。你不会告诉我，苏珊娜真把盘子里的公鸡当真了吧？毕竟她还没见过真正的公鸡呢。"

"不对，她是把幻想当作现实了。艺术家们也得担点儿责任，他们用颜色和线条描绘世界，这活儿干了很久了，从远古时期在象牙上刻猛犸象的祖先开始算起，怕是有几千年的光景了。神奇的是，这么长时间的艺术模仿，居然能骗过一个只有十五周大的小婴儿，让她信以为真。美丽的外表，谁能抵抗得了呢？科学也常摆在我们面前，有时候让人分不清它是不是比现实还真实。比如，罗宾教授透过显微镜看到的，不也就是个外在的样子吗？'只是外表！'欧里庇得斯说过，我们被那些迷人的梦境困扰，却无可奈何。"

我这么说着，正打算接着聊聊欧里庇得斯那句话背后的意思，讲给青少年听的那种，既简单又生动。

当讨论的风向不利于深奥的哲学探讨时，我察觉到了一丝微妙。小苏珊娜因为无法从盘中抓到那只公鸡，显得愈发烦躁。她的脸颊如同盛放的牡丹般红润，鼻翼微张，脸颊鼓起，仿佛要遮蔽她的眼眉，一路延伸至额前，整个额头因此涨得通红，宛如即将喷发的火山。她张大嘴巴，发出一连串含糊不清的叫声。

"瞧！"我高声说道，"这就是激情的展现！我们不应苛责激情，正是它们孕育了世间的壮丽与伟大。诸位已见证，激情如何令一个稚嫩的婴儿瞬间展现出如小玩偶般的表情。呵！我的宝贝女儿，你真是趣味横生。愿你的激情更加汹涌，这样你也将如它们一般坚韧。或许未来的某一天，当你被这份力量征服，它将转而成为你的力量，它们的崇高将成就你的美丽。激情，构筑了一个人道德财富的基石。"

"哎呀，亲爱的，这都扯到哪儿去了？"苏珊娜的母亲惊呼。

"不过是哲学家的一番胡言乱语罢了。"我笑道，"一个孩子试图从盘子上拿走画中的公鸡，只因她本能地感知到了生命力，即便她自己尚不懂言语。我们的女士需要用尽凡人的智慧，才能跟上我们父女俩的奇思妙想啊。"

"你的女儿，"我继续说，"正以她的方式，对美进行初次探索。浪漫主义者或许会将其颂扬为永恒的魅力，而我认为，这只是高尚心灵的初步锻炼。然而，我们不可急于求成，更不可在条件未备之时强求精神的升华。亲爱的，你能让苏珊娜平静下来吧？来，哄她入眠吧！"

26. 杰西

在伊丽莎白时代的伦敦，有一个叫作鲍格斯的农夫，他是个勤奋好学的人。他写了一系列关于人类错误的书，这在当时可是一件了不起的事。

鲍格斯在伦敦默默地写书已经有二十五年了，可他的书从来没有出版过。他写了十本手稿，整整齐齐地摆放在橱窗里。这些书讲述了人类最初的错误，以及这些错误如何导致更多错误。他分析了小孩、年轻人、成年人、老年人，还有各种职业人士犯的错，如军人、商人、厨师和政客等。不过，关于政治错误的部分还没写完。这些书里的内容密不可分，少了一页就会影响整体的连贯性。作者详细地列出了他的论据，最后得出了结论，认为邪恶是生活的一部分。如果生活可以用数字来衡量，那么邪恶的比例可能跟地球上的人口一样多。

鲍格斯没结过婚，他独自住在一间简陋的房子里，唯一的伴侣是一个叫凯特的年老管家，但鲍格斯经常叫她克劳圣西亚，因为她来自南安普敦，那里以前是罗马的克劳森特姆城。鲍格斯的妹妹不如他那么优秀，所以她犯了一连串的错误。她爱上了一个布商，生了一个女儿，叫杰西。可悲的是，她十年后就去世了，她的丈夫受不了失去她，选择跟着她走了。

鲍格斯把孤单的小杰西带回家，心里既是对她满满的心疼，也是因为自己正在写一本关于孩子犯错误的书，而杰西的经历，正是他寻找的宝贵材料。那时候，杰西只有六岁，刚来鲍格斯家的头一个星期，她每天都哭个不停，一句话也不说。直到第九天的时候，她才开口告诉鲍格斯："我见到妈妈了，她穿着白白的衣服，衣服上还有好多花。她把花撒在我床上，可早上一起来，花就不见了。你能不能帮我找回来？那是妈妈的花！"鲍格斯记下了这件事，但他悄悄备注，这是一个天真无邪的小误会，让人心里暖暖的，一点儿也不觉得反感。

时间慢慢过去，有一天，杰西又跟鲍格斯说："鲍格斯舅舅，你有点儿老，也有点儿丑，但是我爱你哦，你肯定也是爱我的吧！"鲍格斯拿起笔想记录下来，却停住了，他想到自己确实不再年轻，也不曾是美男子，于是决定不写杰西的话，而是反问她："我为什么一定要喜欢你呢，杰西？"

"因为我是小孩啊。"杰西笑答。

鲍格斯想了想，说："难道我们天生就必须喜欢小孩子吗？虽然我有些疑惑，但孩子们确实很需要爱。可能这就是妈妈们的'失误'吧，她们给孩子喂奶，也给了孩子无数的爱。我想，我得重新考虑书里的那一章节了。"

到了鲍格斯过生日那天早上，他走进放满了书和纸张的房间，闻到一股好闻的花香，发现窗台上摆着一个小罐子，里面是三朵鲜艳的红康乃馨。阳光照在花上，让这几朵花看起来特别耀眼，美极了。

鲍格斯裹着他那件舒服的毛皮斗篷，坐下来专心致志地撰写文章。每当他想把新学到的东西和他觉得世界有点儿糟糕的看法关联在一起时，杰西就会笑眯眯地端来一杯麦芽酒，要不就是用她闪闪发亮的眼睛和甜甜的笑容，让叔叔暂时放下笔休息一会儿。夏天一到，他们俩就成了乡间小路上的常客。杰西每次出去总能采回一束束花和一些奇怪的草，晚上，她就挨着鲍格斯坐下，认真听舅舅告诉她每种植物的名字，然后按它们的特性和用途将其排列好。

有一天晚上，杰西把她白天捡的花一朵朵摆在桌子上，跟鲍格斯说："鲍格斯舅舅，我现在知道你教给我的所有植物啦！它们都能帮助人变得更好。我想按我认识它们的顺序放好，这样我还能介绍给别人。

我需要一本大大的书，能把它们夹住。"鲍格斯指了指《人类错误大全》第一卷："就用这本吧。"等这本书每一页都夹满了植物，他们就换下一本继续。三年一晃而过，这些书不知不觉间成了他们的植物收藏册。

27. 金眼睛的玛塞尔

五岁那年，我对世界有了自己的一些想法，那些念头既美好又纯真，只是随着时间的推移，我不得不慢慢改变它们。有一天，我正专心致志地画着心中的天使形象，妈妈突然喊了我的名字，她总是这样，不管我正在做什么，都会直接打断我，可能每个妈妈都有点儿"霸道"吧。

她让我换上最漂亮的衣服，但说实话，我一点儿也不喜欢打扮，觉得那太麻烦了，所以就摆出了一脸不乐意的表情，因为我真心受不了这个。妈妈说："你的教母要来看我们，如果不打扮得体面点儿，会给人留下不好的印象哦！"教母？我竟然有个教母？这事儿我之前一点儿都不知道，感觉挺新奇的。虽然没见过，但我在故事书里读到过教母，也在图画里见过她们的形象，我觉得教母就像童话里的仙女一样。

于是，我妥协了，任由妈妈帮我洗脸、打扮。想到即将见到教母，我心里充满了好奇，特别想知道她是什么样的人。平时我是个喜欢提问题的孩子，遇到不懂的事情总爱打破砂锅问到底，但那天，尽管心里很想知道教母长什么样，我却没有问出口。你问我为什么？哎，因为我害怕，不敢问。我知道仙女都是神秘又宁静的，我在心里已经给教母贴上了这样的标签，所以不敢轻易开口提问。再说，那种模糊又神秘的感觉其实挺吸引人的，哪怕是初生的小宝宝，也会本能地被这种神秘感所吸引吧。尽管还没见面，我已经开始喜欢上我的教母了。你可能觉得这不可思议，但有时候，事实就是这么奇妙，让一切都变得合情合理。

见到教母的那一刻，我发现她美极了，简直跟我想象中的一模一样。我一眼就认出了她，她就是我心中那位美丽的仙女。我满心欢喜地看着她，那一刻，感觉像是上天特意为一个小孩子的梦想开了一扇窗。教母看着我，她的眼睛像金子一样闪亮，笑起来的时候，露出了和我一样小小的牙齿。她的声音清脆悦耳，就像是森林里流淌的泉水。当她亲吻我时，那凉凉的嘴唇至今还让我记忆犹新，仿佛那个吻还在我的脸颊上停留着。

教母的出现，让我的世界仿佛被一种说不出的甜蜜浸润，那次相遇如同一颗璀璨的明珠，镶嵌在我的记忆深处，清晰而纯粹。她就这样微笑着站在我面前，红润的双唇微微开启，预备在我脸上留下温柔的一吻。在那一刻，我仿佛觉得她永远都是那样，不曾有过丝毫变化。她轻轻将我从地上抱起，温柔地对我说："亲爱的，让我看看你的眼睛。"接着，她的手指轻轻掠过我卷曲的金发，轻声预言道："现在是金色的，以后可能会变成深棕色呢。"教母似乎能预见未来，尽管她的这番预言并没有成真——我的头发依旧是金色，未曾转为深棕或其他颜色。

第二天，她送给了我许多玩具，但奇怪的是，那些玩具对我来说并不那么吸引人。我有我的书籍、图画卡片、糨糊瓶、画板，还有所有像我这样聪明又略显羞涩的孩子会拥有的那些简单玩意儿。我已经习惯了与这些相伴，它们构成了我的小小世界。我，一个既聪明又带点胆怯的孩子，对这个我能感觉到各种形状、色彩，以及能体验各种情绪——无论是苦还是乐——的家，感到无比依恋。这里，有我熟悉的一切，也有我珍视的所有。

我的教母好心为我选的礼物，是一些运动器材，专为爱运动的孩子设计的，如秋千、攀爬架、练习棒、拉力器和哑铃，都是用来帮助小朋友锻炼身体的。可我呢，更喜欢安安静静地坐在书桌边，享受着在灯光下做手工、剪纸和画画的时光。有时候，我会从这些艺术小世界里跳出来，胡乱闹腾一气，假装自己是个冒险的海盗，或者想象经历海难的船和熊熊燃烧的大火。教母送的那些铁制器材，在我看来，它们又笨重又冰冷，感觉不到一点儿生命力。就算教母耐心地教我怎么用它们锻炼，我还是没什么兴趣。她自信地举着哑铃，向后弯曲手臂，告诉我这样能让人的心胸变得更加舒展，可我就是提不起劲儿。

有那么一天，她让我坐在她温暖的膝盖上，说要给我一件特别的东西——一艘船。这艘船里的用具应有尽有，帆啊，桅杆啊，还有船舷边的炮台。教母的记忆力很好，她细细地给我描绘船上的每个角落，如驾驶台、后甲板、帆索、小桅杆和主桅等，她使用一堆航海用的词汇，讲得活灵活现，特别迷人。那时候，我觉得教母就像是从海上的仙境来的仙女，用她的故事点亮了我的想象。原来，仙女不只是住在森林或云端，她们也可能在辽阔的大海上遨游呢。

尽管如此，我期盼中的那艘梦幻之船从未真正出现在我手中。教母描绘的船，成了我梦里和幻想中的常客。它不仅仅是一个玩具，而是化作了我心中一抹缥缈的影子，在迷雾蒙蒙的海面上悠然航行。我仿佛看见了甲板上站着一位女子，她静止不动，双臂笔直，眼睛瞪得圆圆的，却空洞无神。我已经很久没有见到我的教母了。从那以后，我深信不疑，她来到这个世界，是为了播撒快乐，为了爱而来，这是她在这个世界上的使命。没错，我渐渐懂得，无论玛塞尔（她的名字）做了什么，都是满满的爱，都是为了给人们带去欢笑。

多年后，我才对她的过去略知一二。玛塞尔和我妈妈在修道院相遇，妈妈比她年长几岁，性格谨慎又聪明，这让她们没能成为长久的朋友。毕竟，玛塞尔的友谊如同烈火般炽热，而我妈妈则更加内敛。玛塞尔的心被一个同住的年轻女孩深深吸引，她的眼神总是不由自主地追随着那个女孩。女孩的一言一行，都能触动玛塞尔的心弦，甚至让她产生了嫉妒。在自习时，玛塞尔给女孩写下了长达二十页的信。但那个圆润的女孩委婉地说，虽然感激玛塞尔的关心，但她需要一些私人空间。这令玛塞尔异常难过，妈妈看到她这么伤心，也感到心疼。因此，她们又重新开始了交往。不久，妈妈离开了修道院，但她们保证即使分隔两地，也要保持通信。她们真的做到了，没有违背这份承诺。

说到玛塞尔的父亲，他可真是个奇人，既风趣又有智慧，只是缺乏一些生活常识。他在航海界度过了二十个春秋，然后突然决定放弃航海，没有任何理由。这个决定让所有人都感到困惑，毕竟，一个人从事了这么久的职业，怎会轻易放手呢？这确实让人摸不着头脑。

在一个下雨的午后，他无意间透过蒙眬的玻璃，望见妻子和女儿在雨中缓缓行走，手中的伞成了她们唯一的庇护。那是他第一次意识到，原来家里已经没有了可以避雨的车子。这个发现像针扎一般刺痛了他的心。于是，他鼓起前所未有的勇气，做出了一个大胆的决定——变卖了妻子的首饰，又向周围的朋友东拼西凑借了些钱，踏上了前往名叫白突的赌博之地的路。凭借着以往在赌桌上的好运，他曾赢得过马车和仆人，这次他也信心满满地想要重演辉煌。然而，数日之后，他空着手回到了家，再也不相信赌博可以带来财富了。

为了偿还因赌博欠下的债，他忍痛出售了他们在勃列的那块小田地。之后，他投身于发明机械的工作，每日忙得不可开交，以至于无暇顾及家庭，最终，他的妻子在孤独中离世。他将自己的创意和设计说明书寄给了议会、政府官员、学院、学术团体，以及他能想到的每一个人，希望能得到认可和支持。有时，他还会用诗一般的语言来撰写说明书，没想到这样竟然帮他赢得了些许赏金，勉强维持了生计。这简直就是奇迹。

对玛塞尔来说，这一切都不算什么奇事。她若是手里有了钱，就会去买自己喜欢的帽子，享受生活的乐趣。那时，我的母亲还只是个年轻的姑娘，对于玛塞尔这样随性而为的生活方式感到难以理解。但玛塞尔总能以她独有的热情，给母亲的生活带来一抹不一样的色彩。

妈妈经常跟我提起玛塞尔当年的美貌，"哦，妈妈，我能想象得出她有多美！"虽然她们之间也有过小摩擦，源于某种细腻的情感，那种情感本不应隐藏，但我们总爱为亲近之人打上柔光。我知道，我其实不该像外人那样去剖析这些事。我承认，我不会分析，也不该去分析，毕竟一切早已模糊不清。那时，妈妈和一位医生订了婚，后来这个医生与别人结了婚，之后妈妈便遇到了我的爸爸。妈妈结婚后就没再见过玛塞尔。不过，大约两年后，这位有着金色眼眸的美丽阿姨学会了宽容。妈妈请她做了我的教母。在这个过程中，玛塞尔也步入了婚姻的殿堂。玛塞尔非常尊重她的丈夫，那是一位七岁就在商船上开始航海生涯的人。他在里约热内卢有资产，于是带着玛塞尔去了那里。

妈妈常跟我说："你绝对想象不到玛塞尔的丈夫是什么样的人。他就像一只穿了衣服的猴子，他几乎不会说任何语言，只能听懂别人的话。当他想表达什么时，要么大叫，要么比画手势，有时还会转动眼珠子。说真的，他的眼睛确实迷人。但你别误以为他是某个岛屿上来的人。"妈妈最后总会加上这么一句澄清。其实，他是个法国人，出生在勃勒史德，名叫提波。

妈妈提到的"岛"，是指那些不是来自欧洲的人。这样的说法让爸爸——一个研究人类学的作家——感到挺失望的，他觉得这样不公平。

"玛塞尔非常爱她的丈夫。起初，当我们去看望他们时，她似乎觉得我们打扰了他们的幸福生活。那几年，她过得十分快乐，至少在精神层面上是如此。但是，当她回法国旅行的时候……你年纪太小了，你肯定记不起来。"

"哎呀，妈妈，我记得清清楚楚的。"

妈妈接着讲。"她丈夫在一个水手常去的酒吧喝醉了，不幸被人刺伤。玛塞尔一听说就立刻坐船回去，全心全意地照顾他。可惜，在一次严重的出血后，他还是去世了。从那以后，玛塞尔再也没有回过法国。"

我问起后来的事情时，妈妈有点儿不好意思地说："成了寡妇后，她的生活不是很顺遂，但她是个很特别的女性，与众不同。"

"妈妈，我不是想责备玛塞尔，我只是想知道她后来怎么样了。"

"有个海军上尉爱上了她，他们在一起了。这很自然，因为她那么美丽，能让他感到骄傲和快乐。我不能告诉你他的名字，因为他现在已经是海军少将了，你还跟他吃过几顿饭呢。"

"啊！是那个脸红红的胖叔叔吗？妈妈，他每次吃完饭都会讲些关于女士的趣事。"

"玛塞尔深深地爱着他，陪着他走遍了很多地方。这些你应该都知道。可她的结局却很悲伤。在美国的某个地方，具体哪里我也记不清了，那个军官离开了她，借口有事独自回了法国，留下玛塞尔在美国等他。后来，她从巴黎一份小报上得知他和一名女演员在一起了。玛塞尔承受不了，不管不顾地搭船回来。那次航行成了她人生的最后一次旅程。她病死在船上，最终被裹在布里，抛入了大海。孩子，你那可怜的教母，就这样被送回了大海的怀抱。"

这些都是妈妈给我讲述的关于玛塞尔的故事，我也只知道这么多。但每当我看到天边泛起温柔的灰色，微风轻柔地吹过时，我就会想起玛塞尔。我会在心里对她说："可怜的孤独灵魂啊！在爱的海洋中漂泊的幽灵！亲爱的影子，我的教母，我的仙女，对爱情忠贞不渝的你啊，也许现在只有我记得你，只有我在为你祈福了！你弯腰放下礼物到我的摇篮里，当我还小时，你教会了我感受美，让我知道痛苦也能是美好的一部分，所以我为你祈祷；你为了看一看那双眼睛的光彩，把我从地上抱起来，我为你祈祷！我是那个最幸运的孩子。我敢说，我是你最好的朋友。你给了我最美好的祝福。哦，那心胸宽广的女子，因为你用双臂为人们打开了一个如梦一般无边界的天地。"